JN212270

坂崎かおる

箱庭クロニクル

講談社

箱庭クロニクル

目次

切り絵：Teresa Currea

装幀：岡本歌織 (next door design)

箱庭クロニクル

ベルを鳴らして

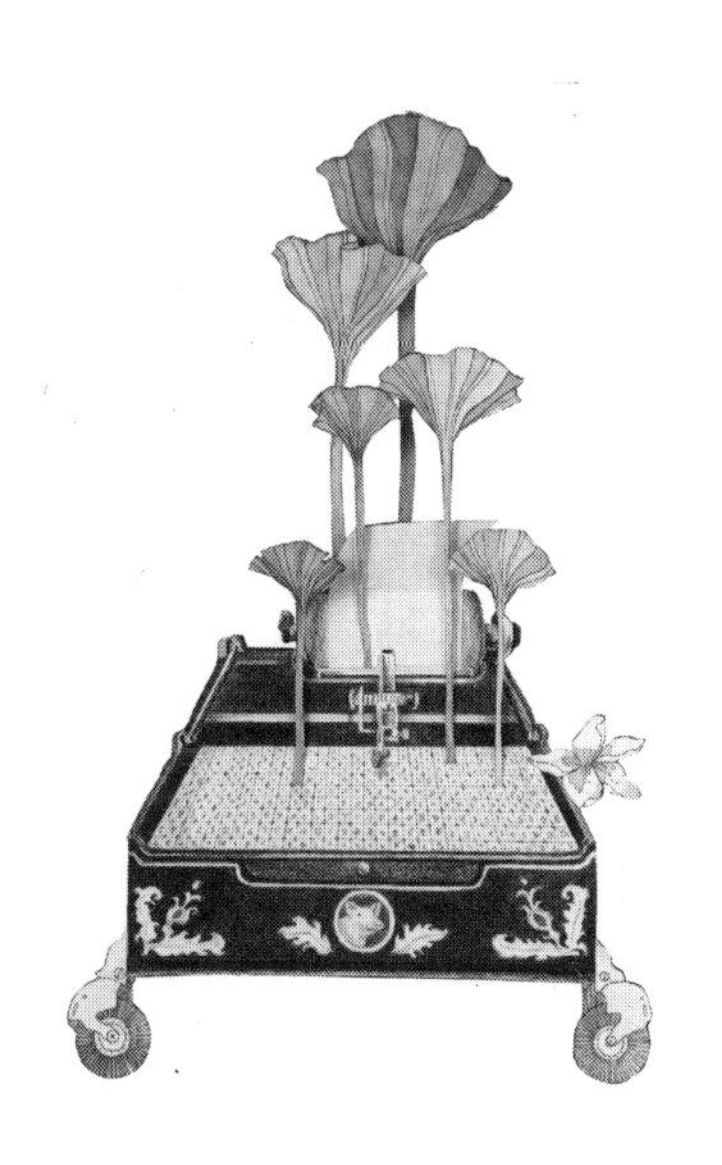

そこにひとつの戯画がある。

家一軒ほどの大きさのタイプライターだ。一九二七年二月一七日号の『ライフ』誌に、ギルバート・レブリングが描いた中国語タイプライター。一〇五〇個のキーがつき、中国人と思しき男性が、目の前の記者に誇らしげに、その巨大なタイプライターを説明している。レブリングは、前年のフィラデルフィア万博のパビリオンに感化されてそれを描いたようだが、現物は全く違う形のものだったし、そもそもこんな大きさなどではない。後年これを見ると、あからさまなアジア蔑視にシュウコはうんざりする。

でも、先生のことを思い出すと、その山のようにも見えるタイプライターは寓話として、よく彼のことを捉えている、と思った。肥大な理想、細部に拘泥する虚構、はるか遠い頂。だからシュウコは、わざわざアメリカからそのライフ誌のイラストのレプリカを手に入れて、家に飾っている。孫たちは訊ねる。「これは何?」「タイプライターよ」「こんなに大きいの?」「昔ね」「むかしむかしだ」「おとぎばなしだ」

「そうね」

シュウコは答える。「おとぎ話ね」

*

シュウコはその人のことを先生としか呼ばなかった。こう書くとかの名作のような書き出しだが、理由ははっきりしていて、その人の名前をうまく発音できないからだ。彼は中国人で、学校の先生だった。まだ戦争を始める前のころだ。

そのころ、シュウコは京橋の邦文タイピストの学校へと通っていた。当時、タイピストは職業婦人の憧れの仕事のひとつであった。神田の日本女子商業学校が、タイピングの教授を始めたのが明治四一年。後に日本の発明家十傑に選ばれる、杉本京太が邦文のタイプライターを発明したのが大正四年。全国タイピスト組合が結成されたのが大正九年。シュウコが通い始めたときには、もうタイピストは花形として確固たる地位を築いていたと言っていい。ただ、噂はひとり歩きしていて、やれ月収一五〇円だ二〇〇円だと書き立てる記事もあったが、それは欧文タイピストの、その中でも大手商社の役員付で秘書も務めている、というような特殊な例であって、邦文タイピストであれば、せいぜい月収一五円から始まるぐらいなものだ。それでも、何となくその横文字の響きは、確かに華々しいにおいを感じさせた。

シュウコがその学校へ通い始めたのは、高女を卒業してからで、これと言って強い期待があるわけでもなかった。でも、他の同級生と同じように、よく知らない相手と結婚したり、親が決めた道に進むのは嫌だった。

「シュウコさんは特別ですものね」

　同級生たちはそう言った。羨望とやっかみを半分半分含ませたその言に、いつもシュウコは真正面から「そうよ」と答えた。そうすると、相手は怯んだような表情をする。自分が「特別」なのは当たり前だ、とシュウコは思う。国語だろうが体操だろうが、何かを為そうとすれば、それに対して自分の全力を傾けるのは、シュウコにとっては当然だった。例えば、彼女は裁縫が大の苦手であったが、ランプを灯し、目の乾きに耐えながら毎晩毎晩針仕事を行うことで、成績を優にすることができた。その他の科目も同様だ。彼女にしてみれば、尽力もせずに、ただ羨ましいと口にするだけの彼女たちの方が不可解だった。

　彼女の家は旧家ではなかったが、父は先の戦争でずいぶんと儲けた貿易商で、両親としては花嫁修業程度のつもりだったのかもしれない。シュウコは三姉妹の末っ子で、だいぶわがままを聞いてもらえたというのもある。女学校を卒業するとさっそく世話好きの親戚は既にあれこれと見合い話を用意していたのだが、「まだ勉学に励んでいるので」というのは体のいい断り文句になった。一度言い出したら聞かない性格を知っていた両親は、一言二言苦言めいた説教をしただけで、それ以上は何も言わなかった。

　父は神田の西内先生の養成学校へやりたがったが、英語の授業があると聞いてあれこれ理由をつけて遠慮をしてしまった。京橋にあるそれは、父の知り合いが教えてくれたもので、邦文のタイピストを養成する、できたばかりの小さな学校だった。

先生は、初めて授業をした日に、自分は中国人である、ということを告げた。

「名前は林建忠と言います」

リン・ケンチュウと先生は口にして、それから黒板に自分の名前を書いた。「これは日本語に合わせた読み方で、本当の名前は違います。でも、あなたたちには関係ないでしょう？」

それから、念のためにと先生は、中国語での名前の発音の仕方を言ってみせたが、緊張した学生たちの顔をほぐしたぐらいで、おそらく誰も覚えられなかっただろう。「何も知らない人が名前だけ見たときは、ハヤシ・タケタダと読まれたこともあります」

先生の日本語は完璧(かんぺき)だった。ラジオのアナウンサーみたいだとシュウコは思ったし、予備知識もなく会話をしたら、誰も先生を中国につながりがある人だとは思わなかっただろう。歳のころがよくわからない見た目で、シュウコの父親ぐらいのようにも見えたし、陸軍あがりの威勢のいい叔父ぐらいの年恰好(としかっこう)にも見えた。きれいに撫(な)でつけられた髪と、丸ぶち眼鏡、それからつるりと髭(ひげ)のない肌がそのように思わせるのだろう、とシュウコは考えた。

「私は子供の時分から日本にいます。中国にもときどき帰りますが、日本で暮らした時間の方がはるかに長いです」

シュウコたちの疑問に先回りするように、先生は言った。なるほど、とシュウコは思ったし、同時に、ではなぜわざわざ中国人であることを明かすのか、とも訝(いぶか)しんだ。他の生徒も同じように感じたかもしれない。だが、先生はそれに気づいているのかいないのか、授業をさっさと始めてしまった。とは言っても、その日は大まかな学習の流れや、用語の解説などの講義中心で、拍子抜けしたような内容だった。

「タイピングはどうだった」

家に帰ると、母がそう訊ねた。今日は説明だけだったから、と言葉少なにシュウコは答えた。先生はどんな人、となおも訊かれたので、普通の先生だよ、とシュウコは言った。どうしてだか、中国の話はしなかった。

仔羊と小魚

> それで、繼母は魔法をつかふことを知つてるものですから、兩人に魔法をかけて、兄さんの方をお魚に、妹の方を仔羊にしてしまひました

邦文タイプライターは、欧文式とはだいぶ様相が違う。今の時代はワープロが主流になっているから、その姿を知らない人も多いかもしれない。ひらがなの五十音、それにカタカナや拗音や促音、そして何万とある漢字をどうやってタイプするのか、という疑問を持つ者もいるはずだ。時代はまた、漫画家のレブリングが描いたように、全ての字を網羅した、巨大なタイプ

ライターを想像する段階へと戻ってきている。

「時代が変わるというのはそういうことなのです」

先生はきっとそう言うだろう。寂しげに。「大切なのは、変わったのが何かというのを見定めるということです。私たちの心なのか、私たちの心の外のことなのか」

初めて邦文タイプライターを見たとき、シュウコはこれは無理かもしれない、と諦めるような気持ちになった。欧文式のようなアルファベットのキーは、その機械にはついていない。代わりに、長方形の大きな文字盤が画板のように水平に鎮座し、植字工が探すような、鉛でできた活字がひとつひとつずらりと並んでいる。それをタイプバーと呼ばれる機構がつかんで振り投げるように紙に打ちつけるため、活字は逆さに配置されており、それもまた雑多で迷宮のような印象を与えた。話には聞いていたが、見るのは初めてだったので、シュウコはその字の洪水のような風景に驚いてしまった。

「よく使う字が、おおよそ二〇〇〇ほどあります」

先生はそう説明した。「タイプライターの使用の要は、この字をいかに早く拾えるかにあります。欧文では一分間に一〇〇字程度の速さを求められますが、邦文では二〇ぐらいが目安でしょう。とにかく、字の場所を覚えるというのが、勉強の大半になります」

活字は一見、無秩序に並んでいるように思えたが、先生曰く、「使用頻度によって一級、二級、とわかれています」ということだった。

「一級文字はひらがなやカタカナ、それから会社で働くわけですから、〈都〉や〈村〉といった住所に関係した文字、〈殿〉や〈願〉などといった手紙に使われるような字が、三〇〇弱あります」

二級、三級と説明していって、先生は、「でもみなさんは疑問に思うのではないですか」と訊ねた。ぐるりと教室を見渡し、シュウコと目が合うと、「いかがですか」と促した。シュウコは急に質問されてどぎまぎしていたが、「ここにない文字はどうすればいいのですか」と答えた。

「そうですね」

先生はにっこりと笑った。「他の方も同じことを思われたでしょう。日常的な職務には差し支えなくても、やはり専門的な言葉もあるでしょうし、足りなくなるのは当然です。その際は、この予備文字を使います」

そう言って先生は、タイプライターの文字盤の下を指さした。シュウコたちも、自分の前にある機械の下を覗(のぞ)く。

「この予備庫に八〇〇ちょっと、予備文字というのがありますので、三級までにない漢字が出てきたときは、こちらを使用します。文字盤に空いている箇所がありますので、そこに入れるのです」

なるほど、とシュウコは思い、ではそこにもない字はどうするのだろう、と考えた。すると、先生はそれを見透かしたように、「でもこれでも約三〇〇〇。まだまだ漢字の全てには程遠いです」と続けた。「例えば名前なんかは、普段使わないような字の方もいらっしゃいますよね。ですので、これの他に、貯蔵文字というのが二〇〇〇ちょっとあります。専門的な会社では、独自の活字をつくっているところもあるそうです」

話ばかりもなんですから、と先生は、「実際に私が印書してみましょう。どなたか、こちらの好きなページを開いていただけませんか」と言った。先生が手にしていたのは教科書で、一番前の席に座っていた女性がおそるおそる手を挙げた。本を受けとり、ぱらぱらとめくると、「読んでもよろしいですか?」と訊ねた。先生は頷き、女性は読み始めた。

その内容は特に覚えていない。確か、「謹啓」と始まるような一般的な商業文であったと思う。とにかく記憶しているのは、先生の手業の早さだった。邦文タイプライターは、左手で文字盤のハンドルを握り、右手でキーをつかむ。めあての字を探して左手の文字盤を動かし、見つけたら右手のキーを押す。そうすると、タイプバーが活字をつかみ、インクがついたそれを、プラテンにつけられた紙に金づちのように打ちつけて印字する。その繰り返しだった。先生が初めに言ったように、字の場所を覚えていなければ到底できない。無論、先生は字の位置を記憶しているのだろうが、それでも、その速度は異常だった。早すぎて手元が見えない、というのは誇張しすぎだろうが、先生が何をもって次の字を探す準備をしているのか、まったくわからなかった。

女性はかなりゆっくり読んでいたとは思うが、それでも読み終わってからほんの少し遅れただけで、先生も印字を終えた。紙を引き出して見せると、教室からは自然と拍手が起こった。

「こんなのは曲芸みたいなもので、あまり役には立たないんです」

先生は照れ臭そうに言った。「そもそも、邦文のタイプライターは、口述筆記には適さないので、こんな使い方はまずしません。ここまでとは言いませんが、ぜひみなさんも、この機械を、ご自身の手足のように使って欲しいと思います」

そこまで言ったところで、先ほど教科書を読んだ女性がすらりと手を挙げた。どうしましたか、と先生が訊くと、彼女は言った。「先生は、ときどき、私が読むより早くキーを動かしていたように思うのですが、それはどうやっていたのですか」

よく気づきましたね、と先生は感心した声を出した。それから、「簡単なことです」といたずらっぽく笑った。「教科書の文章は全部覚えているので、最初の一文を読んでもらえれば、次に何が来るのかすぐにわかるのです」

雪白(ゆきじろ)と薔薇紅(ばらあか)

ところが、熊(くま)は口(くち)をきいて、

『怖(こわ)がらなくツていい、みなさんをどうも爲(し)やしません、寒くツて寒くツて五體(からだ)が凍(こほ)

りつきさうなので、みなさんのとこで些と暖めさしていたゞきたいのです』と言ひました。

『熊さん、お氣の毒な、さア、さア、火のそばへおいで。だが、お前、毛皮を燃さないやうに氣をおつけよ』

手足のように使って欲しい。

先生の言葉をシュウコは何かの比喩かと思ったが、それは本当に言葉通りだった。左手の文字盤のハンドルと、右手のキーを自在に操れるようになるためには、字の場所を覚えるのはもちろん、この二つの操作に習熟しなければならなかった。キーもただ押すだけではいけない。文字の画数によって、その強さを変えないと、滲んだり掠れたり、ひどいときは鉛の部品が壊れてしまうこともあった。集中して使っていると、タイプライターが自分の身体の一部のように思えてきた。

シュウコはその感覚が嫌いではなかった。そこには自分の身体が増え、自由に解き放たれる気分があった。彼女は五体満足で生まれたし、精神的にも身体的にも、なにか不自由があったわけではない。でもそこには、奇妙な安堵感があった。その感覚の大元をうまく言葉に表せないまま、シュウコは技術の習得に励んだ。

初めシュウコは、盤面の文字の位置を頭で記憶するものだと思っていたが、それはどちらかというと身体的な記憶に近かった。自転車に一度乗れればそれを忘れないように、糸と針で手ぬぐいを縫うときに物思いにふけっても完成するように、それは身体に馴染(なじ)ませるものだった。

　文字盤は、先生が説明したように、使用頻度によって活字が並べられている。例えば「日本」と打ちたいときは、一級文字である「日」の場所へ、それから二級文字の「本」の方角へと、自然と身体が動くようになっていった。その後は「は」や「が」などの格助詞が続く場合が多いので、ひらがなの活字の集まりを、自動的に左手が持つハンドルで導く。常に次の言葉の先の先を予測しながら打つ必要があり、そのような思考を続けることで、より早く文字を打てるようになった。

　学校で行われたタイピングのコンテストで、シュウコは一等になった。「すごいじゃない」と小枝子(さえこ)さんが声をかけてくれた。彼女は、あの日、先生に教科書を読むために、おそるおそる手を挙げた女性だ。

「まだまだ、先生には敵(かな)わない」

　そうシュウコは答えた。それは謙遜(けんそん)ではなく本心だった。シュウコは一分間で平均三〇から四〇字ほどは定量的に打てるようになってきた。これは邦文タイピストとしては合格点であるが、先生はそれ以上だと思った。最初のデモンストレーション以来、先生はあのような「曲芸」を見せてくれることはなかったが、明らかに彼の打つ速度は自分より速かった。

「私はじゅうぶんだと思うけど」

言葉少なに小枝子さんは言った。彼女はいまだに文字盤を覚えるのが不得手なようで、コンテストも下から数えた方が早いぐらい、とぼやいていた。そんなこと、とシュウコは言いかけたが、それは嫌味のようになってしまうと思い、口をつぐんだ。

小枝子さんも市電で通学していたので、よく二人で帰るようになり、自然と話をすることも増えた。二人とも歳は近く、小枝子さんの方がひとつ下だった。母ひとり子ひとりで、就職のためにタイピングを始めたというが、彼女はあまり詳しいことは話さなかった。そのため、代わりにシュウコがよくしゃべった。姉たちのひどい悪戯(いたずら)の話や、父の取引先の笑い話に、この前読んだ雑誌のモデルの着ていた洋装のこと。それらにシュウコは特別に興味があるわけでもなく、どちらかというと彼女も静かに本でも読んでいる方を好んだ。それに今は、タイピングのことを話したかった。自分がいかにしてこの速さを維持し、日々どんな練習を積んでいるのかを伝えたかった。しかし、苦手だという小枝子さんにその話ができるわけもなく、自然と会話は空空漠漠としていった。始終おどおどしているような彼女の態度にシュウコは苛々(いらいら)としたが、まわりの女学校時代の友達は大方結婚してしまい、他に話し相手というのもいなかった。それに、高女の同窓と話したところで、彼女たちが今の自分を見てなにを思うかが気になった。まだ彼女たちにとって自分は「特別」だろうか?

「シュウコさんはどうしてもっとはやくなりたいの?」

珍しく小枝子さんが話を続けた。どうしてって、とシュウコは口を尖らせた。そんなの当たり前じゃない、と言いかけ、自分の気持ちを何と説明すればよいか考えたところで、先生の顔が浮かんだ。あのつるっとした口元を思い出した。

コンテストの一等は学校長が表彰した。先生もそれを横で聞いていたが、シュウコが賞状を受けとっているときも、眉ひとつ動かさず、お義理のように周りにあわせて手を叩いていた。シュウコはたまらず、「どうですか先生」と、わざわざ彼のところまで賞状を見せに行ったが、先生は一言、「これからも精進してください」と言ったきりだった。それがシュウコは気に入らなかった。

「勝ちたいのよ」

小枝子さんの質問に、一言シュウコは答え、その一言が、意外なほど自分の気持ちに合っていると感じた。

そのため、シュウコのタイピングの熱は収まるどころか、ますます度を越していった。文字盤の早見表を常に携帯していて、停留所で待つときや、夜寝る前など、寸暇を惜しんで覚え続けた。予備文字や貯蔵文字の位置も覚えようと、自分で紙に書き写した。さすがに高価な邦文タイプライターを買うことはできなかったので、その早見表を机の上に置き、空で左手のハンドルを動かし、キーを押して印字するところを想像した。ガタタタという振動、ハンドルの重さに、それらが擦れて出す金属の音。それらも容易に、自分の頭の中で再現することができた。「一」のときの打字と、「御」のときの打字の強さも、その空中の機械において、指先に感じられるようにまでなってきたと、シュウコは思った。

「お前は人間タイプライターだね」と、父が笑っていたのも束の間で、徐々に常軌を逸していくシュウコの気持ちの入れ方を、家族たちは不審に思うようになってきた。

「少し休んだ方がいいんじゃないか」と母は言い、「だから早くお嫁にやればよかったのよ」と姉たちはため息をついた。だが、シュウコが頑固なことも彼らは知っていたので、とりあえずは成り行きを見守ることに決めたようだった。

「シュウコさん、大丈夫？」

そんな様子だったので、奥手の小枝子さんまでも、シュウコに心配の言葉をかけた。暇さえあればシュウコは、家の外でも空想のタイプライターを動かしていた。「なんだか、気持ちの入れ方が、その」

「大丈夫」言葉少なにシュウコは答えた。停留所は人が少なく、夕暮れ時、二人の長い影が地面にできていた。

「少し顔もやつれたみたいだし」小枝子さんはなおも続けた。「私でよければ話を聞くけど」

「話？」

思わずシュウコは鼻で笑った。努力もしない人間がなにを、と彼女は心の中で続け、さすがにそれは口には出せず、「特に話すこともないから」と、前に向き直った。

「でもシュウコさんはすごい」

　その態度に気づいているのかいないのか、小枝子さんはそう言った。「ベルの音が聞こえるもの」

「ベル？」

「ほら、行が終わるときに鳴るじゃない。最後の字の一つ手前で、チン、って」小枝子さんも、空手でタイプライターを弄る仕草をした。「シュウコさんがお外でタイプライターの練習をしてるとき、行のはじっこまでいくのがなんだかわかるの。そしたら、ベルが鳴るのが聞こえる。変かしら？」

「いえ」

　シュウコは頷き、黙った。お世辞なのかとりつくろいなのか本気なのか判別がつきかね、シュウコは小枝子さんの顔を覗いた。彼女は思ったよりも涼しい目をして、「私好きだな」と続ける。

「あの音、好きなんだ」

「ベルの音？」

「そう」

　小枝子さんは言う。

「私なんか打つのも覚えるのも遅いけど、あの音が鳴ると、ああよかったって思うの。とにかくひとつ終わらせられる、やり切れる。また新しい行が始まるって、わくわくする。知らない道を歩くみたいで」

そこまで言うと、小枝子さんは顔を赤くした。しゃべりすぎちゃって、と小さく言うと、それからは黙ってしまった。しかし、その考えはシュウコには新鮮だった。行替えのベルの音は、シュウコにとってただの区切りであり、どちらかというと、メトロノームのような、拍（テンポ）の調整の役割でしかなかった。新しい行。ふわふわとしたその言葉の手触りに、シュウコは戸惑った。でも、その戸惑いには相手にそこまで思わせたという自負のようなものも滲み、結局シュウコは、今まで以上に練習に精を出すようになった。

「私と競争をしてくれませんか」

そうシュウコが先生に告げたのは、そんな状態が続いてひと月ほど経ったころだった。課業が終わったときで、先生は帰り支度をしていた。

「どういうことですか？」

眼鏡を付け直し、先生は丁寧にシュウコに訊き返した。シュウコはタイプライターを指さし、「私とどちらが速いか、競争をしてほしいのです」と言った。

そうですか、と先生は困ったような顔をした。「あまり競争は好きではないのですが」と付け加え、シュウコの顔をじっと見た。シュウコは負けじと見返した。先生の目には敵意も情熱も見られなかったが、そこにある種の圧力のようなものがあることをシュウコは感じた。その瞳の前では、まるで自分が裸にでもされてしまったようで、シュウコは頰が赤らんだ。けれど、目は逸らさなかった。

「いいでしょう」

先生はため息のような声で言って、近くにいた小枝子さんに声をかけた。「隣の先生から、何でもいいから本を借りて来てください」

小枝子さんはためらうようなそぶりを見せたが、結局は本を借りに行った。彼女が帰ってくると、先生は「好きなページを開いて、好きな段落の文章をこちらに二枚分、書き写してください」と、紙と鉛筆を小枝子さんに手渡した。彼女は言われるままにページを開き、かりかりと書き写した。背表紙を見ると、どうやら法律関係の本で、そちらを専門に教えている先生がいるのだろう、とシュウコは思った。先生はその間に、自分のタイプライターの動きを確認したり、活字を入れ替えたりしていた。

「できたら頂けますか」

先生はそう言い、裏向きのまま紙を受け取った。シュウコも小枝子さんから紙を受け取ると、書見台に載せ、下を向き、「かけ声で始めます」と目を閉じた。

小枝子さんの「はじめ」と言う声で、シュウコは顔を上げた。小枝子さんが示したところは、三行程度の法文だった。シュウコはもちろんそれを知らないが、一瞬でだいたいの字数を把握し、複数回出てくる活字を確認し、その文字盤での位置に見当をつけた。法律であるから、カタカナを多用することは予想がついた。今の自分なら、おそらく三分ほどで打てるだろうとシュウコは思いながら、既に左手のハンドルは最初の「第」の字を打てる位置まで動いていた。それからは、一瞬も止まることなく、左手と右手が動き続けた。小枝子さんがほおと感嘆の息をつくのもわかった。先生を見る余裕はなかったが、今までの中でいちばんの動作をしているとシュウコは感じた。タイプライターは自分の手であり、目であり、唇であった。

だが、彼女は止まった。それは、「勅」という字の部分だった。勅令の勅。すでに五文字ほど前から彼女はその「勅」が文字盤上にないことに気が付いていた。そして、その字が八〇〇字入っている予備庫のどの部分にあるか必死に考えていた。だが、彼女はそれを取り出すことはできなかった。寝る間を惜しんで覚えた活字の一覧の中に、その漢字がないことを、シュウコは理解していた。

先生を見ると、苛立たしいほど緩慢な動作で彼は文字を打っていた。馬鹿にしている。シュウコは目の前が怒りで真っ赤になるのを感じた。絶対に負けられない。先生だってこんな使用頻度の低い字を貯蔵庫から入れているわけがない。とりあえず彼女はその字の部分を空白にして、続きを打った。シュウコが最後の文字を打ち、空白にした「勅」を手書きで書きこんでしばらくしてから、先生もプラテンから紙を取り出した。

「私の勝ちですね」

シュウコは紙を突きつけ、先生に見せた。先生は表情を動かさず、「とても上手にできていますね」と、賞賛の言葉を口にした。「お世辞ではありません。本当にすばらしい。あなたはそれでじゅうぶんなのではないですか」

「どういう意味ですか」

先生の言葉に、シュウコは鋭く言い返した。落ち着き払って先生は続けた。

「あなたが何を目指すのかということです」それから、自分の紙をシュウコに渡した。「極めれば極めただけ見える道もありますが、それは進むべき道がどんどんと細くなっていくということです。若い人たちは、本当であれば、もっといろいろな可能性を歩んでほしいんです」

シュウコは先生の打った文章を見た。先生もその法文を彼女とまったく同じように打ち終えていた。いや、一ヵ所だけ違った。あの「勅」だった。シュウコが手書きにしたそれを、先生はしっかり活字で打っていた。思わずシュウコは「どうして」と声を漏らす。

「もちろんどんな文章が出てくるかは私だってわかりませんでした」先生は紙をシュウコから取り上げると、そう続けた。「ただ、法律関係の本だというのはわかりました。〈勅〉という字は、ご存知だとは思いますが、勅令という言葉で使い、これはときどき法律の文の中に出てくることがあります。私は始める前に、そちらを貯蔵庫の活字からとってきておいたのです」

思わずシュウコは自分の打ち終わった紙を破いた。その柔らかい紙はあっけなく不揃い（ふぞろ）いにちぎれて落ちた。先生は黙ってそれを見ている。小枝子さんはどうしたらいいかわからないのか、とりあえずそれを拾い、大事そうに抱えた。

「笑いたければ笑ってください」

シュウコが顔を伏せながら言うと、先生は思ったよりも強い口調で「そんなことはありません。あなたはすばらしい」と、彼女の言葉にかぶせるように言った。

「すばらしいが、あなたの目指すものは私と違うということを言いたいのです。文字盤を暗記することはもちろん大事です。でも、それが全てではない。私が邦文のタイピングでいちばん大切だと思うのは、相手を知ることです。相手が何を語るのか、それに耳を傾けることです。邦文タイプライターは方角の定まった羅針盤ではありません。相手に合わせて活字を付け替え、進化し、行き先を決める、そういう機械です」

だからあなたは、もう少しいろいろなことを勉強して知識を得、自分の手足としなさい。最後に先生はそう言うと、荷物をまとめて教室から出て行った。教室はシュウコと小枝子さんだけになった。シュウコは顔を背け、必死に目を瞬(しばた)かせた。泣いてしまいそうだった。

「シュウコさん」

小枝子さんがそう声をかけたが、シュウコは返事をしなかった。構わず、小枝子さんは続けた。「私は、やっぱりあなたが一番だと思う」

「やめて」

思ったよりも大きい声になったことにシュウコは気づいたが、止められなかった。「私は無駄な慰めが心底嫌いなの」

「慰めなんて」小枝子さんは黙った。「私はただ」
「やめてって言ってるでしょ」
今度はシュウコは小枝子さんを見た。ほとんど睨んでいた。意外にも彼女はそのシュウコの視線をまっすぐ受け、でも、言葉をかけず、その代わりに、シュウコの破いた紙を手渡した。そして、頭をひとつ下げると出て行った。シュウコは自分の右手に握られた紙を見た。あの手書きの「勅」に目が留まり、それを合図にしたように、涙が止まらなくなった。誰もいない教室で、シュウコはしばらく泣き続けた。

兎とはりねずみ

それからもう一つは、誰でもお嫁さんを貰ふなら、自分とおんなじ身分のもので、自分とおんなじに見えるものを貰ふのが一番宜いといふことです。だから、若しこちらがはりねずみなら、おかみさんもやつぱりはりねずみでなくツてはいけないといふこと。まあそんなことです。

それから、シュウコのタイピングの熱は収まったように見えた。少なくとも家族からはそう思われた。

代わって、本を読む量が増え、物思いにふけるような様子がしばしば見られるようになった。何でもない間違いをして、他の授業の教師に怒られることもあった。鬼の霍乱、青天の霹靂、と姉たちは意地悪を言ったが、シュウコはそれに何も答えなかった。

「帰りましょう、シュウコさん」

それでも変わらず、小枝子さんは声をかけてくれた。あんなことを言ったあとだったので、よそよそしくなるかと思ったが、小枝子さんの態度は逆だった。停留所まで並んで歩く間、今度は小枝子さんがよくしゃべるようになった。シュウコはそれを言葉少なに受け止めながら、小枝子さんの態度を訝しんだ。しまいには、彼女が自分のことを馬鹿にし始めたから、よく話しかけるようになったのだと思うようになった。そのため、ますますシュウコは黙りがちになった。

「愚図愚図言うの、よしてくれない」

だから、シュウコがそう小枝子さんに言ったのは、ただ、自分の苛立ちをぶつけたにすぎない。小枝子さんはよく自分のことを「愚図だから」とか「鈍いから」などと評した。それがシュウコを引き立てようとする言葉だということにも気づいていたが、彼女の自己卑下が含まれていることも感じ、とうとうその日は我慢ができなくなった。

「本当に自分を愚図だと思うなら、もっと一生懸命になりなさい」一度ついて出た言葉は止まらなかった。「もっと必死になりなさい。もっと勉強しなさい。もっとあなたにはできることがあるはずでしょう」

シュウコは自分の額が熱をもつのを感じた。心の中がぐらぐらと煮えたぎるような気がした。だってシュウコさんは。女学校の同級生の言葉が蘇る。同じようなことを、昔、彼女たちに言った。だってシュウコさんは特別だから、そんなこと言えるのよ。

小枝子さんが次に返す言葉を予想し、シュウコは身構えたが、彼女は恥ずかしそうに微笑むだけだった。でも、シュウコの目をじっと見つめていて、先に逸らしたのは、シュウコの方だった。

「私にタイピングを教えてくれない?」

その次の日、学校で会うなり、そう小枝子さんがシュウコに声をかけた。どういうことかわからず、シュウコが「もう習っているじゃない」と答えると、そうじゃなくて、と小枝子さんは笑った。

「シュウコさんに教えてほしいの。この学校じゃ、やっぱりあなたが一番だから」

おずおずと、でも顔をあげて小枝子さんは言った。おためごかし、とシュウコは思い、「一番は先生だから」と素っ気なく答えた。小枝子さんは、ううんと首を振り、小さく笑いながら、シュウコの目をしっかりとらえた。

「この学校で、あなたが一番努力してる。私はそれを知ってる。だから、あなたが一番」

そのとき、授業の予鈴が鳴ったので、話はそれきりになった。でも、シュウコは授業中も、ときどき小枝子さんを盗み見た。小枝子さんはいまだに覚束ない手つきで、タイプライターを弄(いじ)っている。あなたが一番。そうやって、自分の努力を褒められたのは、シュウコにとって初めてだった。その言葉はシュウコの心にまっすぐ垂直に立った。だから苦手なんだ、とシュウコは思った。彼女はいつも、穏やかに、私の目を覗きこんで、やさしく、はっとする言葉を投げこんでくる。

シュウコは隣の小枝子さんの肩をつついた。ん、と小枝子さんが見てくるので、シュウコはタイプライターのハンドルとキーを動かした。イ・イ・ヨ。小枝子さんはにっこりし、同じようにシュウコの肩をつつき、ア・リ・ガ・ト・ウ、とゆっくり字を打った。二人はお互いの顔を見合うと、声を忍ばせ笑った。

課業後の教室を使わせてもらおう、と小枝子さんは言った。

「先生に言ったら許してくれる」

え、とシュウコはひるんだが、小枝子さんはそうしようそうしようと、早速教員の部屋にお願いに行った。

「残念ですが、邦文タイプライターは高価ですし、教室は鍵(かぎ)を閉めてしまいます」

先生の断りの言葉に、小枝子さんはあからさまにがっかりした。そんな彼女の表情を見ながら、先生は頬を緩ませ、こうも付け加えた。「でも、私は忘れっぽいところがありますので、もしかすると鍵を閉め忘れることもあるかもしれません。そのときはお二人で、タイプライターに異常がないか動かしてもよいですよ」

小枝子さんの顔がぱあっと輝き、シュウコの手を握った。それから、「ありがとうございます！」とバネ人形のように頭を下げる彼女の姿を、先生は細い目で見つめていた。

そうして、シュウコは小枝子さんと一緒に、課業後、タイピングの追加の練習を始めた。シュウコは、自分のタイプライターの打ち方を、小枝子さんに教えていった。彼女は決して覚えが悪い方ではなかったが、空間的な位置を記憶するのが難しいようだった。シュウコは文字盤を地図に喩(たと)えて、「ほら二丁目の山〈下〉さんが六里先まで〈汽〉車に乗って……」などという覚え方を披露すると、小枝子さんは面白がって、それから自分でも語呂(ごろ)合わせを作って覚えるようになっていった。感覚的につかんでいたものを言語化する、という作業は、シュウコにとっても新鮮だった。

ときどき先生も、「鍵を閉め忘れていましたか」と覗きに来て、三人で話をすることも増えた。そこに、女学校のころにはなかった空気があることを、シュウコは感じていた。女学校時代も、友達とよくおしゃべりはした。時間の流れもゆったりとしていた。でも、彼女たちと自分は違った。いや、違うのだとシュウコは思っていた。決められた未来に、何の抵抗もなく流される彼女たちを、シュウコは見下していた。だが、違うと思いこんでいたのは自分のせいなのだと、シュウコは今は気づいていた。だから、先生と小枝子さんと話しているときは、そういうことはなかった。自分たちの目標は一致していた。もっと速く、正確に。タイピングを中心に、三人は細くたおやかな糸でつながっていた。

「先生は漢字をぜんぶ覚えているのですか」

あるとき、小枝子さんが先生にそう訊ねた。彼女は一級や二級の活字はようやく頭に入ってきたようだが、三級や予備文字になってくると、探すのに手間取っていた。

「細かく配列を覚えているわけではありません。どちらかというともっと感覚的なものです」

先生は答えた。「例えば、あなたが豆を指でつまもうとするとき、わざわざ豆の位置を目測したり、人差し指と親指がどこにあるかを確認したりしますか？　きっと自然に、自動的にできていることでしょう。私はタイピングをするとき、同じような動きだと思いながらやっています。いわば、身体の拡張（エクステンション）です」

耳慣れない単語に、シュウコは小枝子さんと顔を見合わせた。先生は「機械が身体の一部に感じられる、ということです」と続けた。

「例えば自動車もそうです。あれは足の拡張だと考えることもできる。もっと身近で言うなら自転車も同様でしょう。でも、拡張は人間の行動をある一定の方向に規定します。自転車で言えば漕（こ）いでバランスをとるという動作。自動車であればレバーやハンドルの動かし方。だんだん人間は規定の方に隷属していきます。ちょっとしたロボットというわけです」

ロボット、という表現を先生は使った。カレル・チャペックの『R.U.R.』が上演されたのは一〇年ほど前で、当時のシュウコはそれを知らなかった。後年、アシモフがつくったような機械人形ではなく、人造人間（アンドロイド）にそれは近かった。そういう戯曲があるのです、と先生はシュウコたちに説明をした。ロボットたちは人間では手に入らない力を得られますが、どこか悲しく、そして最後は反乱する。

「タイプライターも同様で、中国では、欧文式のタイプライターが流入してきたころ、中国語自体を変えようという動きがありました。その動きのひとつが、漢字をなくしてしまおうという考えです」

「ずいぶん極端ですね」

　シュウコが言うと、先生は苦笑した。

「実は御維新のころ、日本でも同じような動きがありましたし、今も同じような主張をしている人はいます。膨大な量のある〈漢字〉をなくせば、効率的に物事を表し、西欧のような進歩的な考えに近づけるのではないか。これは、言語が思考を規定するという考え方です」

「そうなってたら、私もこんな苦労しなくてよかったのかしら」

　小枝子さんが笑いながら言い、先生もそれに釣られたように笑顔になった。

「しかし、代わりに中国や日本では、欧文タイプライターとは全く違った考え方をもつタイプライターが生まれました。私はこの、新しい道の拡張の方法を考え付いたことがすばらしいと思うのです。それは、規定への隷属からの解放であり、進化と呼べるものです」

　進化、という言葉を先生は強調した。シュウコは細部はよく理解できなかったが、身体の拡張という考え方は自分に合っていると思った。速く打てているとき、タイプライターが自分の身体の一部になるような感覚は、彼女が常日頃から感じているものだった。
「まずはお豆をつまめるようにがんばります」
と小枝子さんは言い、三人は笑い合った。

獅子と蛙

そこで、王女はお獅子と並んで坐つて、左の手でお獅子を掻きながら、右の手で刀をさぐつてみました、刀はお獅子の寝床のうしろにありました。それからお獅子がぐう〳〵寝たのをみすまして、その刀を抜いて、眼をつぶツて、一撃にお獅子の首をちよんぎツてしまひました。ところが、王女が眼をあけて眺めたときには、お獅子は影も形もなく、なつかしいお兄さまが王女の傍に立つてゐました。

日々は穏やかに過ぎていった。満州では関東軍が躍進し、次々と戦果をあげていることが報じられていたが、それは遠い地の実体のないものであり、シュウコにとっては、文字盤の上がすべてであった。その変わらない日常に、先生や小枝子さんとのおしゃべりがまじるのは楽しかった。

「お豆はつまめるようになりましたか」

　先生はそんな冗談を小枝子さんに言うようになった。「じゃがいもぐらい大きいものは」と小枝子さんもそれに冗談で答え、二人が笑う様子をシュウコは眺め、少し、ほんの少し、心の中がさざ波立つのを感じた。そしてすぐにその波を、他愛もないことだと静め、決まってそういうときは、タイプライターの文字盤を眺めることにした。小枝子さんの「枝」の活字を見て、それから先生の「林」の活字に目が滑り、そこに自分の名前の漢字がないことに気がつく。

　先生はときどき、教員の部屋にも案内してくれるようになった。決まって、中国から来たというお茶を出してくれた。「中国のお茶は香りを楽しむのです」と、鼻を湯呑みにつっこむ先生の姿を見て、シュウコは小枝子さんと笑い合った。

　先生の仕事の部屋には、中国語のタイプライターもあった。邦文のものとほぼ同じ機構だったが、ひらがなやカタカナがない分、漢字がずらりと黒々埋まっているような印象を受けた。緑色のその筐体（きょうたい）はかなり年季が入っており、活字は端々が欠けているものもあった。

「私は、活字の位置をかなり弄っているんです」

　どうして先生はそんなに速いのか、とシュウコが改めて質問をしたとき、先生はその中国語のタイプライターを手にそう説明した。

「中文のタイプライターも、多くは部首や画数に従って配列されています。それを、特定の字を中心として選択し、その周りにその字と対になる活字を置くようにしているんです」

小枝子さんが首を傾げたからだろう、先生は「例えばここに〈日〉があり、その上に〈本〉の活字があります」と、わざわざ指差した。

先生はタイプライターのハンドルを握り、「日本」と打った。「そして、左上に〈今〉の字がありますので、〈今日（ヂィンリィー）〉とも打てます。さらに」先生はなおも続けた。「その左下には〈百〉があるので、〈百日（パァイリィー）〉という赤ん坊がうまれて一〇〇日目を祝う儀式になり、すぐ下には〈紅〉があるので、〈百日紅（パァイリィーホォン）〉と、木の名を作ることができます」

瞬く間に、「日本」「今日」「百日」「百日紅」という字が並んだ。すごい、とシュウコは声を上げた。まるでパズルだった。ひとつの漢字が次々と別の漢字と繋（つな）がり姿を変えていく。

「ただ、文字盤の空間には限りがあるということを忘れてはなりません」先生は諭すように言った。「何かの活字を生かすということは、他の活字を捨てるということです」

それでも、シュウコは目が開かれた思いがした。今まで彼女は、いかに自分が多くの文字の位置を覚えるかだけを考えていたので、活字そのものの位置を変えるという発想は持っていなかった。基本的に活字は文字盤の上で、使用頻度ごとに一級、二級と区分けされたのち、いろは順に配列されていたし、それは絶対のものだと思っていた。速く打てないのは機械のせいではなく、自分が悪いのだと。単純なことだったが、気づいてみれば至極合理的な方法だった。

「すごい、これ、先生が考えたんですか？」

「いえ、私も先人たちの知恵を借用しているだけですよ」

寂しげに先生はそう答えた。「でも、前に伝えた通り、いつも似た言葉が出るとは限りません。清書をする内容がどんなものなのか考え、そしてそれについての知識をつける方が大事です」

それから、先生は特別に課題を出してくれるようにもなった。教科書にはない例文で、物語が多かった。

「商用文は定型が多いですが、物語は先の展開が違うので、いろいろな活字が必要になります。それを予想しながら打つのはよい練習になります」

先生は童話を好んだ。特にグリム童話を多く知っていた。蛙、狼（おおかみ）、山羊（やぎ）、猫……グリム童話には実に多くの動物が出てきた。

「こんな子供が読むものでも練習になるのですか?」

シュウコが訊くと、とんでもない、と先生は言った。

「動物はあくまで寓話のいちモチーフです。何かに姿を喩えることで、世の中や人間の動きをそれそのものよりもはっきり表そうとしているのです。グリム兄弟は言語学者だそうですが、そういった機微のようなものをよくわかっていると思います」

特に先生は獅子（ライオン）が好きだと言った。先生が課題で出すものにもよく登場した。「勇猛だからですか?」という小枝子さんの問いに、いいえ、と彼は笑いながら首を振った。

「獅子はその厳めしい字の中に、〈子(ネズミ)〉を飼っているからです」

課題は、冒頭だけ書くときもあれば、ヤマの部分だけを書くときもあった。シュウコがいくつか聞いた中では、「喰(くわ)れた獅子」の話が好きだった。それはこんな風に始まった。

喰れた獅子

或(あ)る時、腹の空いた獅子が獲物がいないかと探し廻(まわ)った。先(ま)ず魚を見附(みつ)けた獅子は喰はうとしたが、「イヤ、もつと大きいのがゐるかも知れない」と、次の獲物を探した。

そうして獅子は、兎(うさぎ)、鳥、羊、馬、と様々な獲物に出会うが、「もつと大きいのがゐる」となかなか食べようとしない。そして最後に象と出会い、食べられてしまう、というオチだ。

「象は獅子を食べるのですか？」

シュウコが訊くと、先生は微笑みながら「まさか」と答えた。

「だからこれは寓話なんですよ」

短い物語だったので、シュウコはそれを全て打った。先生はシュウコの打った字をしげしげ見つめると、「ではインクを乾かしてからお渡ししましょう」と、洗濯ばさみで紙を窓辺に引っかけた。それは夕暮れの赤に照らされ、何だかきれいだ、とシュウコは思った。こんな日がずっと続けばいい、と彼女は願った。

けれど、先生が去る日は突然訪れた。

シュウコは熱を出して学校をしばらく休んでいたので、詳しいことはよくわからなかった。あとで小枝子さんに聞いたところによると、授業の終わりに憲兵がやって来て、先生を連れていったらしい。折しも上海（シャンハイ）で大規模な戦闘が行われた時期だった。

「先生は中国人だったから、何か疑われたのかもしれない」

小枝子さんは青い顔をして言った。先生の部屋からは、本やら書類やら、そしてあの中国語のタイプライターも持ち去られ、空っぽになってしまった。

「何もなければ帰ってくるよ」

気休めのようなことをシュウコは言ったが、彼女はそれを確かめることはできなかった。この件が父に知られることとなり、学校をやめさせられてしまったのだ。シュウコ以上に頑固な父が、その方針を変えるはずもなかった。こっそり家を抜け出し、学校に行ってみたりもしたが、先生はおろか、小枝子さんに会うこともできなかった。

先生から手紙が届いたのは、それからひと月ほどしてからだった。シュウコもさすがに諦め、父の会社でタイピストとして働き始めていた。

封筒の差出人は小枝子さんの名前になっていた。だが、中身は先生しか送れないものだった。まず、紙が折りたたまれていた。あの、「喰れた獅子」だった。夕日に照らされ乾かされていた、グリム童話。シュウコが打ったそのままの字が、そこに泰然と据わっていた。そして、タイプライターの鉛の活字がひとつ、ころんと掌に落ちた。「楸」。

「これがあなたの漢字なんですね」

「楸」という字は、父がつけたものだった。「楸」と「子」でシュウコ。字義からヒサギとも読むが、碁盤のことも指すので、囲碁好きの父らしい命名だった。いつだったか先生は、シュウコの名前の漢字とその由来を聞き、大きく頷いてみせた。その日は、彼女と先生以外は誰もいなかった。

「中国にも昔からある木です。荘子や楚辞（そじ）にも出てきます。アズサ、キササゲのことを指しますが、昔からそうだったのかはわかりません」

先生は貯蔵庫を探ると、そこから活字を取り出し、シュウコに見せてくれた。「普通は活字としてありません。私はこの木が好きだったので、特注でつくりました」

「中国にもあるんですね」

「私の父は湖北省の花林（ファーリン）村というところの出身で、綿花栽培を営んでいました」先生は〈花林〉と、わざわざ紙に書いた。「私は本当に幼いときの記憶しかありませんが、村に大きなキササゲがあったことを覚えています。大木で、葉がよく茂り、とても濃い翳（かげ）をつくって、夏の暑い日に、涼やかな風を送ってくれました。母は私を抱いて、その木陰で歌を歌ってくれたんです」

それから先生は中国語で歌を一節だけ歌った。意味はわからなかったが、やさしく、ゆったりとした子守唄だった。

「父と母は、幼かった私を連れて日本に来たので、あまりそれ以上の記憶はありませんが、だからこそなのでしょう、この字を私は大切にしていました」

先生に他意はなかったのだろうが、シュウコは頬を赤らめた。彼もそれに気づいたのか、

「年寄りの思い出話でしたね」と、照れ臭そうに言った。

その活字が、シュウコのもとへと届けられた。先生は自分の名前を差出人にすると、シュウコに渡らないことを恐れて、小枝子さんの名前を使ったのだろうと彼女は推測した。シュウコはその冷たい小さな文字を、ぎゅっと握りしめた。嬉しかった。先生が自分を選んでくれたことが。自分を覚えていてくれたことが。先生はどこにいるのだろうか、と彼女は思った。中国に帰ったのだろうか。もしまだ日本にいるなら、と思い、シュウコは頭（かぶり）を振った。そうでない方がいい。日本にいない方がいい。その方が、先生は無事だと思うから。シュウコは、大きな木がざわざわと風に揺れる音を、微（かす）かに聞いた。

*

それから何年か、シュウコは父親の会社でタイピストとして働き続けたが、戦争が長引くに

つれ、経営は悪化し、結局畳むことになった。陸軍あがりの叔父のツテを頼り、シュウコは軍が管轄する研究所で、タイピストとして働くことになった。

小さな研究所で、大それた実験をしているようには思えなかったが、待遇は悪くなかった。電車で通い、夜遅くまで働くことは稀だったが、残業があるときは手当てがついた。基本的には、機密扱いではない研究の結果や本の写しなどをひたすらタイピングした。怪我の証明書や他の省への依頼文、最寄りの駅の時刻表までつくったこともある。時間が空いたときは、日記や雑感を打ち、自分の技術が衰えないようにした。

先生の消息はわからず、手紙が来ることもなかった。小枝子さんにもそれから会うことはなかった。タイピングの学校は閉鎖されたことを風の噂に聞いた。たまにシュウコ宛に届くのは、女学校時代の旧友からのもので、彼女たちはみな結婚し、子供が産まれていた。シュウコは彼女たちの筆跡を懐かしみ、過ぎ去った時間を思った。もうそこに「特別」はなかった。見合いをたんまりと持ってきた親戚たちも静かになり、口うるさかった母も余計なことは言わないようになってきた。ときどき姉たちがからかうぐらいで、職場と家とを行き来するだけの日々が続いた。

そんなとき、中支派遣軍から、従軍のタイピストを募集している旨を聞いた。シュウコが応募をしたいということを、研究所の所長に告げると、彼はびっくりした顔をした。シュウコももう若いとは言えず、応募年齢もぎりぎりだったし、そもそも安定した職についている女性がわざわざ外地に赴く理由はなかった。お国のための御奉公をしたいのです、と彼女は懇願した。所長は困った顔をしていたが、研究所自体の閉鎖の噂もあり、またシュウコのタイピストとしての腕の良さは買っていたので、推薦文を書いてくれた。連絡船に乗るために下関へと向かう駅で、母は泣き、父は口を利かずにシュウコを見送った。

任地は漢口の軍司令部だった。古くから日本租界のある町で、一度は放棄されたが、軍の侵攻により再び接収され、それなりに賑わっていた。シュウコは製油会社の社宅だったという建物にある、司令部の配属になった。そこの地下で、彼女は一日中、文字を打ち続けた。初めは公的な報告書や、将校の訓話の清書など、小さな仕事が多かったが、やがてシュウコのタイピングの技術が並外れたものであることに気づくと、何かと重宝されるようになり、ますます仕事も増えた。それはシュウコにはありがたかった。字を打っている間は、自分がここにいて、ここにはいない気分になれたからだった。

時おり空襲警報はあったが、空ぶりも多く、穏やかな日が続いた。シュウコは他の軍属の女性たちと同じ宿舎で共同生活をしていた。多くの女性はシュウコよりはるかに若く、元気があった。給仕や事務員、看護婦など、彼女たちは様々な仕事に就いていた。シュウコが年嵩ということもあり、悩みを打ち明けられたり、さめざめと一晩泣かれたりすることもあった。シュウコは、同い年の澄子さんと仲良くなった。澄子さんは事務員で、帳簿を片手に難しい顔をしているのをよく見かけた。

「シュウコさんはいつも落ち着いていてうらやましい」

そんなことを澄子さんに言われることもあった。シュウコは「そんなことないわよ」とただ笑った。そして一人になると、胸の中にある大きな木の葉擦れの音を感じた。自分はそれを探しに来たのだ、と言い聞かせながら。

特別何もない日は、シュウコは澄子さんと日本租界と同じく長江岸にあるフランス租界まで足を延ばした。夏の日は夾竹桃が真っ赤に咲いていて、租界の赤煉瓦の瀟洒な建物によく映えていた。澄子さんは、支給された従軍服のくすんだ色と比べてため息をついた。シュウコはそれに微笑むだけで、自分にはお似合いだ、と思っていた。

当初の任期の一年が過ぎ、二年が経った。シュウコは将校づきになり、扱う書類も増えた。ときどき、「部外秘」「軍事機密」などの判が押されたものも清書するようになった。

漢口にいては実感はないが、日々戦況が悪化しているようだった。北や南に展開していた部隊がこちらに戻ってくるときがあり、車両や馬も失くし、満身創痍という隊もあった。シュウコは町で会う、方々からやって来た灰色の顔をした兵士たちに、それとなく腕の良いタイピストを見たことがないかと訊ねた。それはそれは素早く、まるでしゃべるように字を打つのです。苦笑しながら「見たことがない」と答えるならまだ良い方で、「女のくせに男を漁りに来たのか」と怒鳴られることもあった。それでもシュウコはめげずに、他の地域から隊が帰ってくるたびに訊き回った。

三年目を迎えたころ、シュウコがついていた将校が任地替えとなり、新しい人が上官となった。それは厳しく嫌味な軍人で、厳めしい顔の口元に深い傷跡があり、勲章だとよく自慢をしていた。狼みたいな目つきの男で、誤字など見つけようものなら烈火のごとく叱り、若いタイピストもその怒りに巻き込まれ、便所で泣いているのをシュウコは慰めた。それでも自分たちはいい方だとシュウコは思った。衣食住があり、せいぜい機嫌の悪い上官に嫌味を言われるか、警報のたびに防空壕（ぼうくうごう）に入るぐらいで、身の安全も、日々の不自由ない生活も保障されている。シュウコはそれに甘んじないようにと、ますますタイピングの技術を磨いた。

その冬の日は寒かった。地下には暖房器具があったものの、指先が冷たく、そうすると字を打つ速度も下がり、間違いも増えた。それでも何とかこなしながら、次々とやって来る清書待ちの書類のひとつに、シュウコの手は止まった。

花林。

そこには確かにそう書かれていた。それは単純な偵察の命令書だった。シュウコの上官は清書をタイプライターで仕上げるのが好きで、軽重関係なくすぐに彼女に回してきた。文面は短く、花林村に共産党員潜伏の情報あり、念のため警戒にあたれ。そのような内容が書かれていた。花林。先生。シュウコは彼の子守唄を思い出した。ただの偵察だ、と言い聞かせながら、でももしそこに先生がいたら、と思った。そして、いるはずがない、と考えなおした。だがすぐに、先生の歌声を思い出し、木のざわめきを間近に感じた。そこに兵隊を行かせたくない。

血で汚したくない。けれど、内容を書き換えれば、目ざとい上官にすぐに露見してしまう。シュウコは焦った。

「地図を見てもよろしいですか」

シュウコは別の書類仕事をしていたあの狼のような目の上官にそう訊ねた。鷹揚に彼は頷き、シュウコは備え付けの軍謹製の地図を広げた。彼女は端から端まで地図の地名を拾い上げ、手元の一覧のページをめくった。それから、ゆっくり地図をしまい、タイプライターの前に座り、文字盤を眺めた。欲しい活字は、その中にも、予備庫の中にもなかった。だがそれはあった。シュウコはいつもその活字を、持ち歩いていた。彼女は、左手でハンドルを、そして右手でキーを握った。大きな木陰を思い、風を感じた。

「できました」

いくつかの清書の束を、上官にシュウコは渡した。彼は睨みつけるようにそれらを読み、判を押していった。だが、先ほどの花林村の命令書の紙に判を押したところで、手が止まった。

「おい」その声に、シュウコは努めて平静な顔を装った。心臓は高鳴り、相手に聞こえるのではないかと思うほどだった。ゆっくりと上官は、紙の文字を指さした。「日付が間違っている。今日は三日ではなく五日だ」

それから二、三分ほど、彼はシュウコに嫌味を言い続けたが、彼女は内心ほっとしていた。その日付はわざと間違えたからだ。心に余裕が生まれ、目の前の男を、きゃんきゃん吠(ほ)える灰色の犬のようだと感じた。

「私は非力ゆえ、もう一度印を手にもつのが辛いのだが？」

皮肉を言う上官に対し、「そんなお手間をとらせることはいたしません」とシュウコは微笑んだ。「こういうとき、優秀なタイピストは直し方を知っているのです」

そして、清書の紙を再び受けとり、慎重にプラテンにその紙をセットし直す。タイプバーの位置を確かめながら、ハンドルとキーを操作し「五」の活字をとると、先ほどわざと誤って打った「三」に、強さをやや弱めながら打つ。「五」と「三」の活字は縦横がほぼ同じ寸法なので、コンマのミリ単位の位置取りと絶妙な力加減によって、重ねて打つことができるのだ。

「いかがでしょうか」

上官は日付の部分をじいっと見ていたが、やがてにやりと笑った。「今度は私の不始末も君に直してもらおう」それから、他の清書の書類を精査し始めた。

自分の机の前に戻り、椅子(いす)に座ると、気づかれないようにシュウコは息を大きく吐いた。叫びたくなるのを我慢した。それから、何でもない風を装って、活字をひとつ外すと、また自分の従軍服の内ポケットにしまった。彼女は胸に手を当てた。楸。彼女が直したのは、日付だけではなかった。予め、「花林」の字の間に、文字がひとつぎりぎり収まるほどの空白を空けておいた。他の文字の間隔も、怪しまれない程度に空けた。そして、上官に指摘され、日付を直すときに、合わせて、先ほど取り付けた「楸」の活字を打った。「花楸林」。花楸とはナナカマドを表す言葉で、「花林村」とは全く違う場所にある地名だった。それはシュウコの賭(か)けだった。意地の悪い上官は日付の間違いにすぐ気づくはずだった。そこに注意を向ければ、他の修正には目がいかないだろうとシュウコは予想し、その賭けは彼女に軍配が上がったのだ。勝ちました、先生。私、勝ちました。シュウコはそう、心の中で呟(つぶや)いた。

次の日の朝早く、自分の部屋の窓際にシュウコはぼうっと座っていた。同僚の女性たちはまだよく眠っている。その窓からは、冬の街並みが見えた。乾いた空は曙光で満ち始めている。シュウコは内ポケットから、「楸」の活字を取り出した。インクが多少滲んだそれは、窓からの陽光に鈍く輝いた。これは偶然なのだろうか、とシュウコは考えた。先生は、こうなることを知っていて、私にこの活字を送ったのではないだろうか。「大切だと思うのは、相手を知ることです」先生は言っていた。「相手が何を語るのか、それに耳を傾けることです」でも先生。もしかしたらあなたは、相手が何を語るか、予めわかっていたのではありませんか。あなたは小枝子さんが教科書のどこを読むか、どの本を借りてくるか、その未来をわかっていたのではないですか。あなたの速さの秘密は、そこにあったのではないですか。

「いわば、身体の拡張(エクステンション)です」

先生、あなたは何を「拡張」したんですか。答えはない。いつか自分は先生と出会い、その話を聞くことができるのかもしれない。シュウコはそう考え、鉛の活字を指先で撫ぜ、爪(つめ)で弾いた。それはずいぶんと冷えた音を微かに立てた。

だが、シュウコはそこで先生に出会うことはなかった。そのすぐ後、大規模な空襲に巻き込まれて大けがを負い、帰国を余儀なくされたからだった。シュウコが庇ったのは澄子さんだった。真っ赤な炎に巻きこまれないよう逃げ惑う最中、崩れた石の下敷きになった。陸軍病院に運ばれたが、満足な治療はできず、左の二の腕の先を切り落とすしかなかった。助かった澄子さんは、泣きながら毎日シュウコの元を訪れたが、彼女は何度もあなたのせいではない、と言った。

「こうなる気がしていたの」

シュウコは、先のない自分の腕を見ながらそう呟いた。どういう意味かと訊ねる澄子さんに、彼女は何も答えず、ただ包帯を巻かれた腕を見ていた。何かの活字を生かすということは。シュウコは呟き、よかった、と、それは心の中で言葉にした。

帰国をしたとき、父は既に亡くなっていた。最後までシュウコの身を案じながら亡くなったと聞き、シュウコは泣いた。疎開先の母の実家でシュウコは終戦を迎え、落ち着いたころにまた東京に出てきて、女学校のタイピング科の教師になった。生徒たちはシュウコの左腕を見ると驚いた顔をし、どうやって印字をするのかと訝しんだが、彼女が手ぬぐいを左腕と一緒にハンドルに巻きつけ、見たことのない速さで文字を打っていく様子を見ると、敬意をこめて「手ぬぐいの韋駄天（いだてん）」と呼んだ。

小枝子さんと再会したのは、銀座(ぎんざ)の都電の停留所だった。彼女は赤ん坊を抱き、年相応の顔つきになっていたが、シュウコはすぐにわかった。声をかけると小枝子さんはたいそう喜び、ぜひ家に寄っていかないか、見せたいものがあると誘った。

彼女の家は上野(うえの)の住宅街にあった。東京は復興の途中で、小枝子さんの家は小さく、お世辞にも立派とは言えなかったが、小ぎれいにしていて、塀沿いに等間隔に菜の花が並んでいるのが彼女らしかった。玄関をくぐると、背が高く大柄な男性が立っていて、ぎこちなくシュウコに挨拶(あいさつ)をした。夫だという彼の名前は中国名だった。

「もともと日本に留学していたのですが、もう向こうに戻れなくなってしまって」

彼は小枝子さんから受けとった赤ん坊をあやしながらそう言った。小枝子さんは、「見せたいもの」を持ってくるからちょっと待ってて、と奥の部屋へと消えた。小枝子さんの旦那(だんな)さんは、気を利かせたつもりか、赤ん坊を抱いたまま庭へと出て行った。シュウコは部屋をぐるりと見渡した。初めて訪れる部屋なのに、どこか落ち着いて、懐かしい気分になった。何かに似ている、と考えて、それが先生の学校の部屋だったことを思い出したときに、小枝子さんが戻ってきた。大きな木箱を抱えている。

「ほら、懐かしいでしょう?」

それは鉛の活字だった。小さなその金属の直方体が、びっしりと箱に詰まっている。タイプライター自体はなく、活字だけで、数もすべてではないように見えた。シュウコはそれを手にとり、字をひとつひとつ読んだ。だが、いくつか見たところで、違和感を覚えた。

「そうなのよ」小枝子さんはシュウコの表情に気づいたようだった。「これ、中国語の活字なの。覚えてる？　タイピングの学校の先生の」

そして小枝子さんは視線を一度落とし、しばらくしてまた上げた。「あの先生、私の父だったの」

え、という声がシュウコから漏れた。小枝子さんは、「私も知らなかったんだけど」と続けた。

「父は母が私を産むと、すぐに別れたそうなの。たぶん、中国の血筋をもつと知られると私が生きにくくなると思ったのね。私はもちろん知らなかったし、あの学校に入ったのは偶然だった。父の方は知らないけど」

先生が学校を去ってから数ヵ月後、この木箱と手紙が送られてきたのだと言う。

「自分が私の父親だということと、どうか心配しないでくれということ。この活字は売ったらそれなりの値段になるので自由に使って欲しい。そう書いてあった」

そんなこと言われたら売れるわけないじゃない、小枝子さんはそう呟き、視線をシュウコから逸らした。その瞳の先には、旦那さんと、赤ん坊がいる。赤ん坊は機嫌よく声を立てて笑っている。桃色の頬をたわませている。

「私のことは？」

シュウコは訊ねた。訊ねたあとで、なぜそんなことを言ってしまったのかと後悔した。小枝子さんは困った顔をして、「ごめんなさい、特にはなかったかも。短い手紙だったし」と答えた。

小枝子さんは場をとりつくろうように、もしよかったらこの活字をもらわないかと言った。シュウコは断ったが、小枝子さんがぜひにと勧めるので、ひとつだけもらうことにした。いくつか探した中で選んだそれを、シュウコは小枝子さんには見せなかった。そして、不思議そうな顔をする小枝子さんの目を盗んで、いつも持ち歩いていた「楸」の活字を、そっと箱の中にしまった。それは主を待ち続けていたように、音もなくきれいに隙間に収まった。

夕飯をご馳走になり、シュウコは久しぶりに楽しい時間を過ごした。小枝子さんはシュウコの腕のことは何も聞かないでいてくれた。旦那さんも寡黙ながら、おかずや野菜をよそってくれ、細かな気配りをしてくれた。とても幸せな家庭になるんだろう。そうシュウコは思った。小枝子さんはグリム童話の話をした。「いろんな字があるから大変だった」と小枝子さんは言い、こうやってさ、と空でタイプライターを動かす真似をした。

「動物の話が多かったね」

シュウコが水を向けると、そうそう、と彼女は頷いた。

「でも、今思うと」小枝子さんは言った。「童話の動物って、よく人間が変身してるじゃない。父も変身したかったのかも」

「動物に？」シュウコはわざと見当違いの返答をした。

「そうね」

けれど、小枝子さんはそれに頷いた。「父は自分以外の何かに変身できればよかったんじゃないかしら」

食卓が静かになった。シュウコは話題を変えようと、戦中に中国でタイピストとして働いていた話をすると、旦那さんは興味を持ったようだった。嫌な話じゃないですか、とシュウコが率直に訊くと、彼は微笑み、「昔のことですから」と口にした。

「でももし、自分の子供があなたのように戦地に行くなんて言ったら、縛ってでも止めるかもしれません」冗談のように、でも半ば真面目な口調で旦那さんは言った。「やっぱり、我が子が一番なんですよ、親にとっては」

旦那さんは、そう言いながら赤ん坊に頬ずりした。つるりとした肌触りをシュウコは想像したが、小枝子さんの夫の彼は、熊のような髭面の持ち主だった。

それからしばらくシュウコの戦地での話が続き、旦那さんは出てくる地名にいちいち頷いた。「中国のどちらの出身なんですか？」とシュウコが訊ねると、「ご存知ないかもしれませんが」と前置きをした上で、彼は言った。

「湖北省の花林村というところです。綿花が有名で」

そう、とシュウコは言った。一瞬押し黙っただけで、何事もないように彼女は会話を続けた。それでも、心は上の空だった。シュウコは、先ほど見せられた、たくさんの活字の詰まった箱を思い出し、それと、自分に送られた、たったひとつの活字が入った封筒を思い出した。その重さにどれほどの違いがあるか、彼女は架空の天秤で測っていた。会話は続き、食卓は片付けられ、気がつくと、玄関に立っていた。

「今日はありがとう」

小枝子さんは丁寧に頭を下げた。その仕草は、あの学校時代の彼女を思い出させた。それじゃあ、と歩き出そうとするシュウコの右手を、彼女はとった。冷たかった。

「悪くとらないでほしいんだけど」小枝子さんは目を潤ませていた。「私、最初はあなたのことが好きじゃなかったの。お嬢様然としているし、何だか怖くて」

「そうなの？」

シュウコの言葉に、小枝子さんは頷いた。

「だけど、覚えてる？　私が『愚図』って自分のことを言ったら、あなた叱ってくれたじゃない」

もちろん、とシュウコは答えた。あのときの苛立ちのざらつきさえ、シュウコは思い出せた。小枝子さんは、「あのとき、私はあなたがやさしい人だな、って気づいた」と言った。

「やさしい？」

「自分のことを大切にしろって、そういう風に聞こえたのよ」

あれは、と反駁しかけるシュウコを、そうなのよ、と小枝子さんは遮った。「難しいことはよくわからない。あなたの気持ちは違ったかもしれない。でも、あなたなら、あなたみたいな人がいるなら、私もついていきたいなと、あなたは私に思わせたの。自分も歩いていけると思えたの。私が今ここにいるのは、あなたのおかげ」

それに父も、と言いさし、シュウコの表情を見て、小枝子さんは言葉を止めた。この人は。シュウコは思った。いつも、私のことを、ちゃんと見てくれている。

最後に「また会いましょう」と小枝子さんは手を振った。それに手を振り返し、シュウコは暗い東京の町を歩き始めた。明かりは少なく、インクのような闇に町は沈んでいた。停留所に着くと、もらってきた活字を鞄から取り出した。それは「別」と彫られていた。花林村。本当は誰の故郷だったのか、もう、どちらでもよかった。先生が本当に大切に思っていたのが誰かわかったから。天秤が大きく揺れている。

さようなら、先生。彼女は鉛のそれをぎゅっと握りしめた。

*

そしてシュウコは結婚をした。繁忙期に省庁に出向くことがあり、そこで知り合ったドイツ人の男性だった。母も既に他界していて、二人だけで小さな式を挙げた。シュウコと夫は東京に居を構え、つつましく暮らした。高齢出産だったが、子供にも恵まれた。

海外旅行の自由化を機に、夫は自分の生まれ育ったドイツの町を見せたいと言った。「グリムの町なんだよ」と彼は言った。グリム。シュウコは頷いた。

西ドイツのその町は美しかった。夫は様々な場所を案内しながら、合わせていくつかのグリム童話のエピソードを披露した。その数篇をシュウコは覚えていた。あの部屋で、字をひとつひとつ打つ感覚も思い出せた。夕焼けに乾いた印書も思い出した。でも、すべてがあいまいで、誰かにそれは嘘だと言われたら、信じてしまいそうだった。

夫の蘊蓄が一段落したところで、「ライオンが食べられる話って知ってる？」とシュウコは訊ねた。夫はきょとんとして、シュウコがかいつまんで話した内容をあれこれ思案していたが、「いや、知らないな」と答えた。「たぶん僕は全てのグリム童話を知っているけど、そんな話はなかったと思うよ」

次の日、シュウコは町をひとりで歩いた。東洋人は珍しいのか、何人かが話しかけてきた。それに彼女がドイツ語で答えると、もっと驚いた顔をした。町の外れまで来ると、古い石造りの建物をシュウコは見つけた。その柱の部分には、獅子のレリーフがあった。

相手が何を語るのか、それに耳を傾けることです。

シュウコは目を見開いた。いや、元々開いていたはずなのに、ずっと閉じていた感覚があった。町の中心部は碁盤の目のようになっていた。シュウコは文字盤を思い出した。久しぶりでも、彼女は決してその配列を忘れていなかった。彼女は文字盤を地図として、頭の中に描いた。小枝子さんに教えたときのように。

「獅」の字は予備文字で、盤面にはない。でも、獅子には子がいる。「子」は、二級の位置にある。獅子が最初に出会ったのは魚だった。「魚」は三級で、二級の配列の一二個分左側にある。シュウコは左を向くと、そこから建物を一二個数えて歩いた。次に会った「兎」は二級の右側の部分で、「魚」からは南東の方角になる。その次の「鳥」は三級。シュウコは獅子が出会った順番に、数を数えながら歩いた。だんだんとその歩調ははやくなり、ほとんど走り出していた。石畳がひっくり返り、逆さまの文字が現れた。そのでこぼこにシュウコは躓きそうになる。でも彼女は止まらない。もっと速く、正確に。空は太陽が消えているのに真っ白で、そこにはにおいがたちこめている。インクだ。あの油っぽい、まとわりつくような。煉瓦造りの建物がゆっくりと倒れ、シュウコの踏みぬいた文字の上に覆いかぶさる。彼女はそれを、自分の右手で操る。強弱を考え、相応の力をこめると、建物がゆっくりと石畳ごと文字を持ち上げ、真っ白な空に黒々と字を打つ。それは輝いている。星のようだ。輝き、船乗りに教えるように方角を示す。そのときシュウコはドイツにいなかった。いや、この世界にもいなかった。彼女の足元すべてが文字であり、彼女の頭上の全てが真っ新な紙であった。彼女はそこを駆け、跳ねていた。建物が倒れては字を拾い、空の紙に打ちつけ、その間を彼女は、軽やかに、たおやかに踊っていた。やがて彼女の失われた左腕はハンドルになり、皺の増えた右手はみずみずしいキーとなって、文字を打ち続けた。血はインクに、汗は油に変わった。イヤリングはベルになり、角を曲がる度にチンと鳴った。今この瞬間、彼女は機械そのものとなっていた。タイプライターそのものだった。先生も。彼女はその終わりのないロンドの中、思った。先生も、こんな気分で、タイプライターに向かっていたのだろうか。

「象」のところでシュウコは立ち止まった。ダンスは終わった。風が吹く。風景は戻る。目の前にあるのは骨董品(こっとうひん)店だった。扉を開けると、からんからんと音がした。それを合図にして、でっぷりと太った店主が、「いらっしゃい(Grüß Gott)」と声をかけた。シュウコは店内をぐるりと見渡す。彼女が目にしたものは予期していたものだった。それでも、思わず声を上げる自分の唇と喉(のど)を止められなかった。

「おお、お目が高い」

店主は嬉しそうに言った。「それは、世にも珍しい、中国語のタイプライターだよ、奥さん(Dame)」

「これをどこで?」

震える声で、シュウコはドイツ語で訊ねた。店主は首を振り、「来歴は知らないね。俺の親父曰く、ドイツ軍が接収した中に入ってたかもっていうことだが」

シュウコはハンドルをつかもうとして、自分が左腕を失っていることに気づいた。そのため、右手でそれをつかむ。ひやりとしていて、そして懐かしい感覚だった。「さすがだねえ」と店主が声をかけた。「やっぱり中国の人はみんなそれを使えるのかい」

そのタイプライターの文字盤は古びていた。ところどころ活字はなくなり、あっても欠けたり、崩れ落ちたりしそうなものが多かった。歳月を積み重ねた活字には、「漢」があり、そのすぐ下に「口」があった。左側には「傷」があった。上に「狼」があり、少し離れて「上」が配置されていた。シュウコはするすると視線を移動させた。「野」に「桃」に「菜」に「赤」、「枝」。そして、「澄」に「炎」に「左」。右側は活字が欠落している。漢口での日々を、上野の小枝子さんの家を、その家族を、失われた左手の痛みを、シュウコは思い出した。シュウコはまた、自分が文字盤の上にいるのを感じた。いや、今度はもっと縛られている感覚があった。まるで自分がひとつの活字になったように。その文字盤には、今までのシュウコのすべてが配置されているように感じられた。「私は、活字の位置をかなり弄っているんです」そう先生は言っていた。「いいえ、私も先人たちの知恵を借用しているだけですよ」とも。でも、そこに「楸」の活字はない。先生はそのハンドルを握り、私の漢字を、運命を打ち続けたのだろうか、そんなことを考えた。でもそれは私のためではない。そうシュウコは気づいていた。あの小さな庭で、花に囲まれて暮らす三人を、シュウコは思い出す。先生はそれを守るために、自分の全てを拡張し、全てを利用し続けたのだ。恨み言が口をつくかと思ったが、小枝子さん、とシュウコはいつのまにか呟いていた。あなたのお父さんは、ロボットだったのかもしれませんよ。運命に向かって反乱を起こす。

シュウコは息をひとつ吐き、その場を去ろうとした。だが、文字盤の中に、ひときわ新しい活字があることに気づいた。三つ。恐らく、一度も使っていない、わざわざ付け足したもの。

「このタイプライターを誰か使ったことはある？」シュウコは訊ねた。

「もう何十年とそのままさ」店主は言った。「俺の親の代からあるものだから。誰も使い方なんかわからないよ」

シュウコはもう一度文字盤を見た。その、真新しい三つの活字を見た。中国語を結局ほとんど覚えられなかったシュウコでも、それはすぐに順番がわかった。

忘了我（私を忘れて）

シュウコは右手に力を入れた。これを打てば、自分は先生を忘れられるかもしれない。なかったことにできるかもしれない。私ではなく、娘のことを思い続けた先生を。あの夕焼けの空を。ないはずの左手がうずく。大きな木のざわめきを思い出す。それがきっと、先生の、自分に向けての最後のやさしさなのだ。

「嘘だ」

シュウコは口に出す。口からついて出る。その日本語に、店主が怪訝（けげん）そうな顔をする。それに構わず、シュウコは「嘘だ」と繰り返した。嘘だ。それはやさしさではない。私は、私たちは、忘れてはいけない。

あの日、小枝子さんと再会したあの日。彼女の旦那さんの口から、「花林村」ともうひとつ、シュウコの知っている地名が出た。中国に帰らないのか、というシュウコの質問に対して、旦那さんは、それは難しいと言った。

「僕の親戚に、花楸林村の出身者がいるんですけど」彼は淡々と話した。「そこは戦争も終わりのころに、急にやって来た日本軍に、めちゃめちゃにされたそうなんです。多くの中国人はそうですが、とりわけ彼らは今も日本のことを恨んでいるだろうし、日本で所帯をもった僕を許さないだろうって」

何かの活字を生かすということは、他の活字を捨てるということです。

先生。シュウコは言う。私は忘れません。忘れてはいけないからです。何かを得るために犠牲にしていったものたちを。選ばなかった道を。破り捨てられた紙を。私は記憶します。道を戻ります。破られた紙を拾います。これはあなたの予定になかったもののはずでしょう。シュウコはポケットを探る。あの日、小枝子さんの家で受けとった活字を。声が出る。シュウコは、時間が巻き戻り、自分の声が、幼く、気高く響くのを感じる。先生、先生、私、今度こそ、やっとあなたに、

「勝ちました」

彼女の手には、小さな鉛の活字がひとつ握られている。これは今日のために受けとったのだ。自分が選んだのだ。それを、シュウコは文字盤に嵌める。先生。彼女はもう一度言う。残

された活字を生かす方法が、きっとあるはずです。そのために、私たちは忘れてはいけないのです。シュウコは右手でハンドルを動かす。位置を決め、手を離し、再び鍵(キー)を右手で握る。その四文字を打つ。ゆっくりと。

別忘了我(私を忘れないで)

インクもない。紙もない。でも、シュウコにとってはお手の物だった。空想の中、想像の中、彼女は確かにその四文字を、ま白いそこに、黒々と打った。空白をひとつ入れる。ベルが鳴る。そう、次の行へと移るのだ。

イン・ザ・ヘブン

地獄はどこにでもある。内とか外とか関係ない。それはクラインの壺(つぼ)のようなもので、地獄はゆるやかな下り坂でもあれば、先の見えない梯子(はしご)でもある。ダンテだってこう言ってる。天国への道は地獄から始まる。だけど彼はこうも言っている。一切の望みを棄(す)てよ。

わたしのママはさながら獄卒のネッソスとでも言えばよかったんだろうと、今なら思う。親切丁寧にわたしの地獄めぐりのガイドをしてくれている。わたしの学校の禁書運動に先陣切って参加したのはママだ。彼女によれば、メキシコ系アメリカンが主人公の『ローン・ボーイ(Lawn Boy)』は「性的」で「同性愛的表現が過剰」であり、青い眼(め)に憧れる黒人少女を描いた『青い眼がほしい(The Bluest Eye)』は、「小児性愛」を扱っていて犯罪的だとして、彼女たちの禁書リストに加えられ、学校の図書館から姿を消した。サリンジャーに至っては、入学当初からうちの図書館にはなかった。ママが来る前から、ここにはママと似た人たちが集まっていたんだろう。

「すごいね、あのつけま(false eyelash)」

カミラがランチのときにそう言った。感心したような声。アフリカ系アメリカンの彼女といつも一緒にいるわたしを、ほんとに、ほんとにごくまれに、「デズデモーナ」と揶揄(やゆ)する生徒もいる。これはアホの歴史教師が口走った冗談で、彼はソッコーで学校を辞めさせられた、けど、気の利いた警句みたいに楽しむバカも存在するということだ。そこに年齢も立場も関係ない。バカはバカのままで、どうしようもないのはどうしようもない。正直、ママもあんまりいい顔をしない。でも、カミラはおもしろい。裏も表もない。だから楽しい。気分がよくって(What's So Bad About)なにが悪いの?(Feeling Good?)

　わたしたちは、だいたいいつも、フットボールコートのベンチに座ってお昼を食べる。カミラはこれみよがしな特大ボイルドチキン。「良質な筋肉は良質なたんぱく質に宿る」というカミラの二の腕はカッチカチだ。この場所を選ぶのは、別にすてきなクオーターバックがいるわけではなくて、単純に昼時に空いているからだ。カンカン照りのそこで食べるのは、わたしとカミラぐらいなものだった。

「ばっさばっさ、羽音を立てながら怒鳴りこんでたよ、あんたのママ」

「サイアク」

　ママのまつげの方が「性的」だよ、とわたしは言ったことがあるが、三時間ぐらいお説教を食らったので、それ以来黙っている。ママのそれは、お洒落(しゃれ)とかセックスアピールではもちろんなくて、西洋甲冑(かっちゅう)のごちゃごちゃ飾り立てた兜(かぶと)に似ているんだろう。

　わたしはサンドイッチを一口で食べた。マヨネーズ、チーズ。終わり。始祖サンド、とわたしは呼んでいる。ママは「活動」が忙しすぎて、娘の昼ごはんにまで気を配る余裕がない。ランチ代すら出してもらえないときがあり、そういったときに、このサンドイッチは登場する。

サンドイッチのオリジン。無駄のない正方形。宇宙の始まりから存在してました、みたいな顔した真四角。いいところは五秒でできるところ、悪いところは、五秒で食べなきゃ悲しくなるところ。

「トニー先生、だいぶがんばってたみたいだけど」

カミラは噂(うわさ)好きで、隔離された校長室の向こうで話された内容もよく知っている。トニー先生は科学を担当して、ダーウィンの進化論をとりあげたところ、ママたちのような熱心な活動家のやり玉にあがったというわけだ。

「好きだったんだけどな、トニー先生」カミラは、もう彼がいなくなると決まったみたいに言う。「意外に筋肉あんのよ。広背筋とか見た?」

「見てない」

短くわたしは答える。「あんたは自分の心配しなさいよ。またFだったんでしょ」

「そうそう、ファックのF」

肘でカミラのおっぱいをつつくと、彼女もわたしの股をスマホでコツンとたたいた。わたしたちは笑い合う。大人たちはごちゃごちゃ「子どもたちのことを思って」いろいろしてくれるけど、わたしたちには関係ない。ノイズ。せっかくワイヤレスでノッてる音楽聞いてんのに、誰かが電子レンジを動かして音飛びさせる。

「エリサは落第の心配しなくていいからうらやましいよ」

「ここが違うからね」わたしは冗談めかして自分の頭をたたいて付け加えた。「親の方のこ、こ、は心配だけど」

そんな話を笑いながらしていたけど、結局学校をやめたのはわたしの方だった。というか、やめさせられた。

「学問は自由であるべきだ、エリサ、そうよね？」

お気に入りのマホガニーのテーブルに肘をつき、ママはそう言った。わたしは頷きも否定もしない。ただ、テーブルの木目の数を数えている。一、二、三。

「私だって現代の人間だから、旧い創造論なんか信じてない」ママはわたしを見ている。わたしは数えている。五十、五十一。「だけど、ダーウィンだってもう二百年も前に生まれた人間なのよ。進化論が新しいわけじゃない。それが悪いって言ってるんじゃない。進化論にも説明できないことがあるのに、そのひとつの論を有難がって他の学びの機会を奪っている、そういう教育方法が、ママは許せないの」

百まで数えてわたしはママを見た。ママは今日はフェイクのまつげはつけてないので、瞳のブルーがよく見える。わたしはそっちの方が好きだ。だけど、ママはそう思わない。外に出るときは、いっつもばっちり装着して、大股に歩く。ばっさばっさ、羽音を立てて。

わたしは「いいよ」と答える。「ママがそう思うんなら」そう付け加えるのが、精一杯の反抗だ。うれしい、とママはわたしをぎゅっと抱きしめる。赤ちゃんのころから変わらない。パパと離婚したときも、このペンシルベニアの田舎に引っ越してきたときも、ちゃちな空き巣が入って鉢合わせしたときも、今の仕事で昇進したときも、そうやってわたしを最後に抱きしめた。離さない、と決めているように。

学校に残した荷物はぜんぶママが回収してしまったから、わたしが最後に覚えている風景は二つ。あのくそ暑いフットボールコートと、カミラの二の腕。手触りを思い出すと、彼女のそれは鉱石みたいだったんだなと気づいた。冷たくて、静かで、でもわたしに語りかけてくる。

ママはそれからいくつかの公立校を探したようだけど、なかなかお眼鏡にかなうところはなく、最終的にホームスクーリングを選んだ。普通は親が教えるらしいんだけど、もちろん忙しいママにできるはずもなく、家庭教師を雇うことになった。州からの援助もあり、私の稼ぎでどうにかなりそう、とママは言ったが、宝石鑑定師よりも厳しい彼女のお眼鏡にかなう人間はなかなか現れず、その間わたしは、オンラインの無料の YouTube 授業を見ていた。でも、半分ぐらいは TikTok とかそこらへんをサーフィンしてたもんだから、けっきょくママに止められてしまった。代わりに渡されたのが、学校で使ってた「マシな」教科書なんだから笑っちゃう。

アレンがやって来た日は暑かった。事前にママは面接をしていたらしくて落ち着いていたけど、わたしはちょっとドキドキしてた。男性で、しかも若め、ということをママが言っていたからだ。

「だけど見識が深くて、自由にものを考えられる人だった。女性だったらもっとよかったんだけど、頭の固いオバサンよりぜんぜんいい」

普段、あまり人を褒めないママがそう言うのだから、よほど気が合ったのだろう。そんな事前情報をもらってたからというわけでもないけれど、確かに「はじめまして」とにこやかに挨拶をするその姿はだいぶスマートだった。第一印象は「風車みたい」。今はニューヨークで暮らすパパも背が高かったけど、それよりもたぶん高い。それでいて、線が細くてひょろっとしているから、威圧的な雰囲気はない。筋肉マニアのカミラだったら「あたしパス」と言いそうな風貌だったが、わたしは悪い感じはしなかった。ブラウンの髪は短かったが癖っ毛なのだろう、ところどころ毛先がぴょんぴょんしていて、服装も含めて統一感のある中のギャップがかわいらしかった。

「アレン・ウォードです」握手した手は意外に力強くて、わたしは少し驚いた。ママはその後ろで満足そうに頷きながら、これからよろしくね、と言った。

「私は在宅勤務が多いけど、どうしても会社に行かなきゃいけない日もあって」ママはリビングに設置されたホームカメラを指さした。レンズの下が赤く光っている。「一応、あそこで見られるようにしてるから。気を悪くしないでね」

「とんでもない」アレンは笑った。やわらかい笑顔だ。「大事なひとり娘だ。慎重にしてしすぎることはありませんよ」

アレンはメリーランドの大学院を卒業し、教育学の博士号をもっているということだった。ハイスクールで教師をしていたが「不自由な労働環境」に嫌気がさして、ホームスクーリングの団体に登録した、と説明した。

「前の学校では、なかなか人気があったみたい」

ママはそう言った。どうやら、前任校での評判まで調べてきたらしく、ママらしい、とわたしは思った。

そのママの調べ通り、アレンは優秀だった。普通、家庭教師は教科が特定されるものだが、彼は数学も、科学も、古英語も、聞いてはいないがもしかしたら裁縫だって、ひと通りを満遍なく、漏れなく教えることができた。少なくとも、わたしの通っていた学校の先生の誰よりも、勉強を教えるのが上手だった。

「教授法の要はコーチングだ」すごくわかりやすい、とわたしが褒めると、アレンは謙遜もせず、かといって誇示もせずに淡々と話した。「学ぶということには常に強制的な質感が伴う。ということは、誰かが何かしらの方法で気持ちを奮い立たせてやらなければいけないわけだ。僕はそれを人より上手に身につけている、そういうことだ」

「それでも」

わたしは三角関数の公式でβの値を求めようとしているところだった。「そういうところに意識的だってことじゃない」

「ありがとう。でもエリサはなかなか頭の回転がはやい。教える方も楽だよ」

にやりとアレンは笑った。「優秀な教師は、優秀な生徒がいてこそ成り立つ」

「何かの格言？」とわたしが言うと、アレンは「いいや、処世術だよ」と、冗談っぽく答えた。それから、わたしの代入の間違いを指摘した。

一ヵ月ぐらいは順調に過ぎた。ママの要望もあったのだろうけど、アレンは科学史を教えるときは、創造論まわりの主張もバランスよく詰め込んだ。

「進化論は大事だけど、あまりにも見事なそのシステムは、神の御業（みわざ）によるものだ、という考え方がある。いわゆる『有神論的進化論』だ」

アレンは『オブ・パンダズ・アンド・ピープル（Of Pandas and People）』という本を見せてくれた。「これは少し古い本だが、いまだにそういった人たちの拠り所（よりどころ）になっている。鳥のくちばしや魚の鱗（うろこ）、その造形はどうやって生まれたのか。確かにそれは〈進化〉かもしれないが、それはまったくの偶然で生まれるのではなく、生き物をデザインする存在がいるはずだ、という主張」

ふうん、とわたしは、パンダが表紙のペーパーバックをぱらぱらめくり、「で、アレンは？」と訊（たず）ねた。「あなたはそれを信じてるの？」

「嫌な質問だ」

アレンは笑った。「僕は今のところ仕事を失いたくないので、コメントはしない」

それってコメントしてるようなもんじゃない、とわたしが言い、それからアレンはちらりとホームカメラのレンズを見た。「そのレンズの向こうが、現在の僕にとっての神みたいなものだ」そしてわたしたちはカメラに背を向け笑い合った。少し肩が触れあい、この些細な共有の秘密が、わたしの胸のちくりとするところにしまいこまれた。

「いい男じゃん」

カミラとは電話で近況を報告し合う。とは言っても、彼女はSNSを頻繁に更新しているから、今の様子はよく知ってる。プロテインの飲み比べとか、際どい服を着た自撮りとか、とにかく全力で今を楽しんでるのが伝わってくる。わたしはうらやましい、とは思わない。死んでも思わない。けど、でもやっぱり、わたしのいる前といた後で変わらない彼女の写真を眺めると、胸の肋骨あたりに風が小さく吹く感覚を覚える。でも、カミラはカミラで、電話をすればいつもの調子で、そんな感じだから、どっちかというと身の回りの話はわたしの方が多くなる。

「寝たの？」

「バカ言わないで」

わたしの声はまんざらでもない色をしている。それからカミラは、学校の様子を話してくれる。トニー先生は結局まだ科学を教えていたし、なんだったら進化論も懇切丁寧に学生たちに教授した。校長はもとより、背の低い用務員も、アーミッシュの美術教師も、素行不良で二度停学になってるいっこ上のミランダも、みんなまだ、わたしが通っていた学校にいた。ダーウインでさえも。書架から消えたはずの本たちも、元の棚に戻っている。いなくなったのはわたしだけ。わたしとママだけ。

「あたしはうらやましいよ、家から出なくていいなんて」カミラは言った。「朝も早起きしなくていいし、とつぜん誰かが銃を乱射する未来もないしね」

アレンはときどき夕食を一緒に食べ、わたしとママと三人でリビングで映画を観(み)ることもあった。映画はママのセレクトなので、超絶つまらないから、わたしはときどきアレンをそっと盗み見ている。その横顔から感情は読みとれない。穏やかで、思慮深くて、ついでに鼻がセクシー。アレンはポップコーンは好まず、口寂しいときはキャンディーを要求した。おかげで、我が家には大きな灯台みたいなのっぽの瓶の中に、色とりどりの飴玉(あめだま)が詰められることになった。わたしとママはスーパーに買い物に行くと、それまでは見ることのなかったお菓子の棚のキャンディーの種類を覚え、ときおり新商品が出ていると、それを瓶の中に混ぜて、アレンが気付くのを待った。映画を観ながら瓶の中に手を伸ばし、口に入れ、「お?」という表情にアレンがなったら、わたしとママはグータッチ(フィストバンプ)した。

わたしは、アレンの真っ青なプリウスのエンジン音を聞き分けられるようになった。その音を、わたしは動物みたいだと思った。ペンシルベニアにはいない、毛が長くて、老いた犬ころみたいな動物。ふるるるうるるるううん。

だからアレンも気が緩んだのだろう。授業が終わり、わたしが駐車場にあるプリウスまで彼を送りにいったとき、その車のダッシュボードには、サリンジャーが置いてあった。『ライ麦畑でつかまえて』。もうウン十年前から、「卑猥で汚らわしい」と、いろんなところで異議申し立てのある本。もちろんママも。わたしの視線に気づくと、しまった、という表情をアレンはした。

「君のお母さんには黙っていてほしいな」

中途半端な笑顔を浮かべてアレンは言った。わたしは驚かなかったし、むしろ、いつもソツなくこなす彼でも、こんな初歩的なミスをするんだと、意外に思った。

「別にいいよ」

わたしはなるべく素っ気なく聞こえるように答えた。「いまどきサリンジャーが禁書なら、すべてのポルノサイトは絶滅しないと」

「それは僕も困るな」

いつもの表情に戻ってアレンは言った。少しだけ沈黙が流れた。アレンは手持無沙汰にプリウスのボンネットをこんこんリズムよく叩いている。

「サリンジャーって面白いの？」

「面白い？」アレンはわたしの言葉に被せるように言った。「歴史に残る作家だよ。若いうちにこの作品を読めないなんてもったいなすぎる」

それから、アレンは『ライ麦畑でつかまえて』がいかに名作かについてプレゼンした。同時代の作家との比較、後世の作品への影響、主人公のホールデンの造形と作者との関係などなど。わたしはこのとき「読書」なんて高尚な趣味を持っていなかったし、正直半分も理解できなかった。アレンの話術も、いつもの授業より公平性はなく、話もあっちにいったりこっちにいったりして、つまり、下手くそだった。だけど、わたしはそっちの方が好きだった。そこには、彼の本当の言葉があるような気がした。その言葉は、わたしの耳にまっすぐ入ってきて、どこかに寄り道することなく、左肩らへんの奥深い部分に滑りこんだ。だから、「その本貸してよ」とわたしは言った。

アレンは最初、あからさまに嫌な顔をした。だけど、わたしが「表紙にあなたの名前でも書いてあるの？」と言うと、渋々渡してくれた。それからさよならをし、わたしは服の下にその小さな薄い本を入れて家に戻った。

「遅かったのね」

というママの言葉に、「途中でカミラと電話してた」とわたしは嘘（うそ）を吐（つ）いた。心臓がドキドキしている。自分の部屋に戻って、服の下からライ麦畑をとりだす。「もしも君が、ほんとに（If you really）この話を聞きたいんなら（want to hear about it）だな……」という冒頭の部分を、小さく声に出して読む。別に大したことじゃない。わたしは自分に言い聞かせる。Kindleでだって読めるし、法律を気にしなければ、ネット上に転がってる本のＰＤＦを引っ張ってくることだってできる。ときどきママはわたしのスマホをチェックするけど、抜け道なんかいくらでもある。それが紙の本に置き換わったただけだ。ポルノ雑誌でもコンドームでもクスリでもない。なのに、すごくイケない(naughty)気分がした。そしてわたしは、一晩かけて、このホールデンという青年の物語を読み終えた。

『ライ麦畑でつかまえて』は、わたしの部屋の本棚の裏側に隠されることになった。十二歳のころに初経に驚いてパンツを隠して以来だ。はじめはアレンも気にしていたけれど、変わりないママの様子に安心したようで、すぐにいつもの調子に戻った。いや、今までより少し大胆になった。もちろん、授業という枠組みの中で。アレンは、創造論者の主張をわたしに伝えはするけれど、それは批判とセットだった。

「いわゆるインテリジェント・デザイン論者はよくカレイを引き合いに出す」アレンは言った。「正確にはカレイ目魚類だが、その進化過程には断絶されたミッシング・リンクがあり、彼らはカレイの変異をどこかにいる創造主が行ったと主張する。その空白を埋めたところで、彼らの主張は変わらない。また新たな空白を見つけ、『これは偶然起こったことなんですか?』と訊くだけだ。悪魔の証明だよ」

「うまく歩み寄ることはできないの?」わたしはママを想像しながら訊ねた。ばっさばっさ。

「それは無理だ」アレンは笑った。「宗教と科学は立ち位置が違う。神様が否定されたからといって、信者の祈りが無価値になる訳じゃない。これは共和党と民主党の選挙じゃないんだ」

それからわたしたちは、ときどき、〈サリンジャーチャレンジ〉をした。わたしはホールデンがいっぺんで気に入って、彼の皮肉めいたセリフをできるだけ頭に叩き込み、口癖を真似(まね)た。Phony や Hell や Kill を混ぜて使ったり、時にはセリフをまるまる言ってみたり。ママが夕食の席で、わたしのいた学校の悪口に花を咲かせているときに、「すげえ学校さ(It was a terrible school)」と口にしたり、パパの話題が出たときに、「ニューヨークなんて住むのもイヤ(I hate living in New York and all)」と答えたりした。もっと挑戦したいときは、ホールデンのセリフを言って、ママがその続きとどれだけ近いことを言えるか試した。例えば、「君はいくつなの?(How old are you?)」と唐突に訊いて、「あんたの嘘が見抜けない歳じゃないわ(Old enough to know better)」と答えたら大成功。もちろん、そんなのうまくいきっこない。だけど、アレンはわかってるから、少しだけ唇を曲げて、わかってるよ、の合図を出してくれる。見当違いな返答や表情をするママを、わたしたちは楽しんだ。こっそりアレンと目が合うと、そこにバチッと通電する感覚を覚えた。誰かがコイルを巻いて、回路をつくったみたいだった。目には見えないその電気の移動をわたしは確かに見たし、感じたし、それはきっとアレンだってそうだ。たぶん、きっと。

だけど、わたしたちのそんなことなんてお構いなしに、ママの活動はどんどん活発になっていった。どうやら、この学区の教育委員会はママやママのお友達たちと親和性が高かったらしく、「子どもたちを守るため」の法案まで提出され、議論された。ママは教育委員会の会議で「保護者代表」として意見を述べた。ソッチ系のニュースサイトでは、ママがばっさばっさしながらしゃべる様子が YouTube 上で公開された。

「これは思想の弾圧ではなく、子どもの保護です」その動画で、ママは涙ながらに訴えていた。「私には娘がいます。その娘が、なんの知識も保障もない中で、そういった本に触れることを想像してみてください。小児性愛を推進するような言葉が無遠慮に語られる物語にのめりこんでいく様子を考えてみてください。私だって言論の自由は尊重しています。でもそれは、子どもの安全を脅かしてまで守らなければならないでしょうか。少なくとも、学校の図書館に置くべきものではないでしょう。そういうものが読みたければ、大人になってからすればいい。この親の気持ちは、そこまで無下にされるべきものでしょうか」

ヤバいね（Lousy）、と動画を見たカミラが一言ショートメッセージを送ってきた。そのホールデンの口癖の単語を見て、サリンジャーチャレンジ成功、とわたしは呟く（つぶやく）。アレンに言おうか、とも考えたけど、いややめよう、と思う。

「確かに今、禁書運動は活性化の動きを見せている」

ママのいない日、アレンは授業の合間にそう話した。「だけど、大局的に見れば、彼らの活動自体はあまり成功していない。禁止された本の冊数はもちろん数年前と比べて増えているが、全体から見れば微々たるものだ。基本的にアメリカ国民の大多数は言論や思想の自由を第一に考えていて、禁書という行為には懐疑的だ。少数の特異な例が大々的に報じられ、問題が大きくなっているように見えるだけなんだよ。マスコミの悪いところだね。火のないところに火炎瓶と火薬を投げこむ」

アレンは珍しく皮肉っぽい調子で付け加えた。

「だけどうちの学区は成功しているように見えるけど」

「それも長続きしていない。一時的に書架からなくなった本は、ほとぼりが冷めたころに戻っている」

わたしは、わたしのいなくなった学校を思い出した。確かにそこは、「わたし」という存在を抜かせば今まで通りのつまんない顔をしていた。クソ暑いフットボールコートに、ダーウィン。つまんなくて、懐かしくて、愛おしい。

「大切なことは情報に振り回されないことだよ」アレンは言った。「何が正しいかを見極め、自分の頭で考えるんだ」

「それってイチバン難しくない？」

「だからこそ、本を読むことは、落ち着いて考える一番いい方法なんだ」アレンは微笑んだ。

「二番目は、よき師を持つこと」

「アレンみたいな？」

わたしが言うと、それは買い被りすぎだよ、と彼は口を大きく開けて笑った。そのきれいに並んでいる歯の数をわたしは数える。それはカルガモの親子みたいにぴっちりした歯並びで、たぶん、その数は人と変わらないはずなんだけど、アレンはそこすら違うように思う。たぶん。

「アレンにも先生はいるの？」

「僕はけっこう不遜な人間だからね」だけど、と彼は続ける。「最近、面白い先生と知り合ったかな」

　機会があれば紹介するよ、とアレンは言い、わたしたちはアメリカの建国の歴史の勉強の続きを始めた。ワシントン、ネイティブアメリカン、モンロー宣言。

　ママのしゃべっている動画はなぜかバズり、ネットの各所でコラがつくられた。ママが瞬きするたびにチョウチョが翔ぶ動画に思わずわたしはにやりとしてしまったけど、それをカミラとケタケタ笑っているうちに、わたしの家の住所がばれたらしくて、変なチラシが届いたり落書きがされたりするようになった。ママは警察に相談し、見回りを強化してもらったみたいだけど、それでも怪文書は出回り、チョウのステッカーがポストに貼られ、窓ガラスが割られた日は、わたしだけおばあちゃんの家に泊まった。おばあちゃんは、自分の娘であるママの悪口を夜中いっぱいかけて延々と垂れ流し、げんなりしたわたしはさっさと次の日に家に戻った。地獄はどこにでもある。それは日常だ。わたしたちにとって。その熱さにも慣れてしまう。

「どうしてわかってもらえないんだろう」

　夜中、トイレに行きたくてリビングを通ると、泣きながらママはそう言っていた。マホガニーのテーブルに座り、壁に向かって。わたしは素通りし、おしっこをして、それからまたリビングに戻ると、背中からママをぎゅっと抱きしめた。いつもママがそうしてくれるように。

「ありがとう、エリサ」

ママはわたしの手を握った。わたしはママの耳元で、「もうやめたら？」と囁く。そうね、とママは呟く。そうできたらいいね、とも呟く。わたしはママの髪に顔を埋める。アーモンドの香り。でも、白髪が増えた。

「私の父親は厳しくてね」

しばらくあとで、ママは言った。「南部の生まれで。今では考えられないぐらい、男尊女卑の、旧い考えの人。女が勉強する、という意味をどうしても理解できないみたいだった。なんとか高校までは行かせてもらえたけど、そこまで。でも、私は働きながら、ずっと勉強を続けて、仕事をしながら大学に入って、そして、パパと会ったのよ」

わたしはパパの記憶はあんまりない。六歳のときにママがわたしを連れて出て行って、それきりだ。背が高いこと、フットボールでランニングバックのポジションだったこと、お酒をよく飲んでいたこと、それぐらいしか覚えていない。

「パパはもちろんロクデナシだったけど、教養のある人だった。たぶん思想とか、根っこの部分は似ていた。幸せな時間は短かったけど、でも、あんな人と暮らせたのは、やっぱり私が勉強をしたから。学ぶということは、私が人生を挽回できる最後のチャンスだった」

努力して、死に物狂いで。ママはそう付け足した。

「だからなの、エリサ」ママは振り向き、わたしのおでこに唇を当てた。「あなたには間違ってほしくない。人生に絶望してほしくない。可能性を狭めないでほしい。私がしているのは、そういうことなの」

もう寝なさい。ママはそう言い、自分の部屋に戻っていった。ママ。わたしは空っぽの部屋で呟く。ママ。あなたも地獄の中にいるのね。

でも、地獄には内も外もない。

何日か経った水曜日の朝、ママは何でもないような顔で、おはよう、と言い、何でもないような仕草でぽんっとテーブルに本を置いた。「どうしてわかってもらえないんだろう」とママが零していたそのテーブルには、『ライ麦畑でつかまえて』があった。空気がひんやりとして、きっとその瞬間だけ、うちの中の気圧は急激にぐぐっと下がったんだろう。頭が重くなって、わたしの目は、マホガニーに載せられた、その本の表紙から動かすことができない。

「これはどういうこと」

ママは立ったままだった。今日は会社に行く日で、ばっちりと決めたスーツと、やや控えめなマスカラをしていた。「これがどういう本かわかってるの？」

「わかってる」

ようやくわたしは顔を上げた。お腹に力を入れる。わたしにだって、そのぐらいの筋肉はある。おへそのあたりがむず痒いし、息が詰まりそうになる。でも、ママから目は離さない。

「ねえママ、わたしには、こういう本を読む自由もないわけ？」

「その自由は自由じゃない」

ママは断ち切るように言った。「あなたにはまだわからないのよ」

「じゃあママは自由なの？　自由を知ってるの？」

わたしは自分の言葉が鋭く空気を切り裂くのを確かに見たし、ママもそれを避けずに深々と胸に突き立てたままにした。わたしの目の前は真っ赤になり、ママはこめかみあたりがぴくぴく震えていた。溜(た)まったマグマが爆発する直前、表の道路から動物の鳴き声が聞こえた。ふるるうるうううん。わたしたちは開きかけた口を閉じた。

「お取込み中？」

家のドアを開けたアレンは、わたしたちの顔を交互に見やった。それから、テーブルに載せられた『ライ麦畑でつかまえて』に気がつくと、状況を把握したようだった。静かにドアを閉め、わたしたち二人の間を通り抜けると、テレビの前のソファに座った。横ひとつ分空けて。それからママを見て、ママは操られているみたいに、アレンの隣に腰を下ろした。

「その本は僕のですよ」アレンは言った。「僕が、エリサにあげたんです」

そして、アレンは、静かな声で話し始めた。それはホールデンの話だった。彼の「去年の(around)クリスマスの頃(last Christmas)」に起こった出来事を、要領よく伝えた。でも、そのはすっぱな語り口は、まるでホールデン本人がしゃべっているみたいで、真に迫り、ママが息を詰めて聞き入っているのが伝わってきた。アレンは大事なところは省かなかったし、微妙な表現も隠さなかった。サニーとのベッドのくだりも、ルースとのバーでの猥談(わいだん)も。「僕が話そうと思うのはこれだけなんだ(That's all I'm going to tell about)」とアレンが言うところには、ママの目は少しだけ涙ぐんでいた。

「もちろんこの物語は、現代からしてもやや際どい表現がありますが、だからといって、作品自体の価値が減るわけではありません」アレンは締めくくるように言った。「この物語の底を流れる、社会へのコミットの方法。それを敏感に受けとれる時期は、ほんのわずかだ。残念ながら、優れた物語との初めての出会いは、人生でただ一度しかない。だからこそ、エリサさんのような若い人に読んでほしいと思ったんです」

あなたも、とアレンは続けた。あなたもそんな経験はないんですか？　ママは黙っていたが、しばらくして大きくため息をついた。そのため息は、張りつめていた空気を緩ませ、そしてどこか甘い香りを漂わせた。

「ヒースクリフ」

ママは呟いた。「昔、彼に憧れた時期があった。粗野で暴力的で、だけど抱えきれない愛をもっていて」

当時のわたしは『嵐が丘(Wuthering Heights)』を読んでいなかったので、彼の魅力について何も知らなかった。どうしてママがその名前を出したのかもわからなかった。でもきっと、ママはパパのことを思い出していたんだろう。アレンはそのことを理解できたのかもしれない。なるほど、としたり顔で頷き、わたしはなんだかその横顔が憎らしくてたまらなくなった。彼はそれからいくつかの作品の名前を挙げた。『狭き門（Strait is the Gate）』、『グレート・ギャツビー（The Great Gatsby）』、『悪霊（The Possessed）』……。ママはそれらの作品について、言葉少なに、でもコメントを差しはさみ、アレンはそれに的確な言葉で答えた。わたしは、ママがそんなに本を読み、親しみ、その魅力について深い泉のような知識を蓄えていることを知らなかった。二人の間には二人にしか伝わらない言葉があり、物語があり、空気があり、音があった。わたしはただ黙っていた。わたしには、言葉がなかったから。それがこんなに悔しく惨めなものだとは知らなかった。

「エリサは？」

ママはわたしの方を振り向いた。「あなたはどう思ってるの？」

「最悪よ（Lousy）」

わたしの言葉に、ママは顔をしかめ、「なにが最悪なの？（What was lousy about it）」と言い返すように訊ねた。その言葉が、ホールデンの母親のセリフとまったく一緒で、なんなら言い方もわたしが頭の中で想像してた雰囲気とおんなじで、わたしは思わずアレンを見やり、アレンもわたしの顔を見て、お互い同時に噴き出した。チャレンジ成功。ママはアレンとわたしの顔を交互に見て、何か言いたそうに口を開きかけたけど、少し微笑んで、それから肩をすくめ、言った。

「あなたは大きくなったのね」

朝の時間はとっくに過ぎていた。ママはゆっくりと立ち上がり、テーブルの上の本を手にとると、わたしに手渡した。それから、わたしの背中を撫（な）でた。ゆっくり、大きく三回。先ほどからママの掌（てのひら）の中で震え続けていたスマホに、ママはようやく応答した。ママは電話の向こうにいるであろう上司に謝りながら家を出たので、表情はわからなかった。

　サマータイムが終わろうとするころ、アレンはわたしを食事に誘ってくれた。彼が前に言っていた「面白い先生」も出席するそうだから、ママも一緒にどうかと言われたけど、「若い人たちで行ってらっしゃい」とママは笑顔で断った。ママの「活動」は相変わらず続いているし、ときどきリビングで壁に向かって泣いている。相変わらず学校には行かせてもらえないし、進化論もダーウィンも嫌いなようだけど、わたしが読む本にだけはちょっとだけ緩くなった、気がする。少なくとも、わたしが何の本を手にしていても、口は出さないようになった。

　アレンはいつも通りのプリウスでやってきた。「堅苦しくない集まりだから」とアレンは言ったけど、そういうのはかなり悩む。わたしはプロムに出たこともないから、クローゼットで一番上等そうなワンピースを選んだ。アレンがもっと着飾っていたらどうしようと思ったけど、彼は普段のシャツに毛が生えた程度の服装だったのでほっとした。

「お母さんの調子は？」

「いつも通り」わたしは答える。「いかがわしい本のリスト精査に余念がない」

　軽やかにアレンは笑った。「僕のお説教も大したことなかったみたいだな」

「そんなことない」

わたしは運転する彼の横顔をしっかりと見た。セクシーな鼻。でも、彼はそれだけじゃない。アレンも横目でわたしを見る。「あなたは人が変われるってことを教えてくれた。袋小路（ふくろこうじ）だと思っても、別の道があることを伝えてくれた。それってすごい特別」

ありがとう、と短くアレンは答え、でも満更でもないように、顔をほころばせた。やっぱりあれもコーチングなの？　と訊ねると、まさか、とアレンは言った。

「本物の小説は、小手先に頼らず、それそのものを伝えた方がいいと思っただけだよ」それに、と彼は付け加えた。「君のお母さんの父親との関係も聞いていたから、ホールデンみたいなタイプの主人公の話は刺さるだろうな、とも考えたけどね」

頭が回る、と思うと同時に、ママがアレンにも父親の話をしていたことに少しだけがっかりした。あの話は、わたしにだけしてくれたものだと思っていた。だけどそんなのは些細なことだ。アレンがラジオをつける。君の瞳に恋してる（Can't Take My Eyes Off You）。思わず「ふるっ（Sounds ancient）」と、二人で声を上げ、重なったその声に、笑い出す。わたしたちは歌う。窓が開いていたもんだから、赤信号で停（と）まったトラックに盛大にクラクションを鳴らされる。それがちょうど間奏のリズムにシンクロしたから、またわたしたちは笑う。

そうやって笑い転げながらお店に着いた。わたしはこう、映画でアンソニー・ホプキンスが座ってるみたいなレストランを想像していたけど、実際のところは立食で、その半地下のだだっ広い店には、思ったよりも大勢の人間がいた。アレンはわたしをエスコートしながら、すれ違ういろいろな人に挨拶を欠かさない。

「これはまた大きな娘さんを連れてきたもんだ」

ひと通り挨拶が終わったあとで、顎髭(あごひげ)を蓄えた老人が話しかけてきた。アレンは「教授(Professor)」と呼びかけ、大きくハグをした。アレンが紹介した名前に聞き覚えはなかったが、どこかの会社の役員をしているということだった。

アレンはわたしに飲み物を渡すと、「すぐ戻るから」と、人の輪の中に消えていった。ノンアルコールのカクテルは甘すぎて、わたしはすぐにウェイターに戻した。ひんやりとした壁に背中をつけると、さっきまでの天国のような気分が嘘みたいだった。ゲストたちはみな品がよく、いかがわしい感じもなかった。わたしは、自分がまっしろな紙にこぼれたインクのようだと思った。

「うわ、壁の花」突然、声がした。「存在するんだ。希少種」

それはカミラだった。襟ぐりの大きくあいたドレスを着て、気合の入った装いをしている。でもそんな出で立(い た)ちよりも、この場で会えた偶然に、わたしは大きな歓声を上げた。カミラは澄ました顔をしていたが、ぷっと噴き出し、ばしばしわたしの背中を叩いた。「なにしてんのよ、エリサ」

「ほら、わたしは、あれ」

わたしは、遠くで話をしているアレンを指さした。カミラは口笛を吹き、肘でわたしのおっぱいをつついた。わたしはポーチをカミラの股の間に差し込む。それから顔を見合わせ、にんまりとする。久しぶりだった。久しぶりで、涙が出そうだった。

「引きこもり生活はどうよ？」カミラは訊く。

「そっちこそ、牢屋(ろうや)の鉄のにおいには慣れた？」わたしは言い返す。

「まあそれがさ」

カミラは殊勝な顔をしてみせた。「いよいよ成績が危なくってさ。レポートちゃんと書かなきゃと思って、先生を紹介してもらったわけ」

「先生？」

わたしが怪訝(けげん)な顔をしたところで、チンチンチン、と誰かがグラスを鳴らした。ざわめきが、明け方の潮のような静けさで引き、みなが音の方に注目する。アレンは人垣のひとつ向こうにいて、彼もそちらを見ている。

「今日はお集まりいただき、まことにありがたい。歳をとると、こういった集まりはおろか、外に出るのもおっくうでね」

先ほど、アレンに「教授」と呼ばれた男性が、小さな階段の上に立っていた。「まだ今日は気候も爽やかでいいが、冷える夜になると、戦争で受けた傷が痛んで敵(かな)わない」

「先生！」どこからか声が飛んだ。「いつの〈戦争〉か言わないと、みなさん、第一次大戦だと思いますよ」

「失礼な若者だ」

波紋のような笑い声の合間に、太い声で「教授」は言う。もちろん口元に笑みを湛(たた)えながら。「馬鹿言っちゃいけない。独立戦争だよ」

どっと会場が沸き、わたしも思わず口角を上げた。カミラは遠慮なく口を大きく開けている。

「あのおじいちゃん先生がおもしろいのよ」

カミラは学校の教師のひとりの名前を出し、その紹介だと言った。「この勉強会のレポートを書いてくれれば、Fは取り消してくれるって」

わたしが詳しいことを訊こうとする前に、笑い声がやみ、教授はまた口を開いた。

「さて、巷(ちまた)では禁書運動というものが流行(はや)っているようだ。愚かしいことだ」彼は心底嘆かわしいというようにため息をついてみせた。「本は人類の叡智(えいち)のかたまりだ。それをむざむざ捨てるというのは、ポル・ポトを例に出さずとも、愚の骨頂だと断罪するにやぶさかではない」

聴衆はグラスを片手に頷いている。わたしはママの顔がちらつき、どんな表情をしていいかわからない。でも、わたしはママを愚かだとは思わない。いや、もちろんママはバカだ。だけど、この人たちは、ママの夜中の涙や、わたしを抱きしめてくれるときの小さな震えを知らない。知らないまま、教授は続ける。

「けれど、君たちはこういう扇動的な情報に惑わされてはいけない。やつらはマスメディアも味方につけているのだから、この禁書運動はメッセージのひとつなんだ」

やつら？　わたしは思わず辺りを見回したが、他の人たちはそれが誰なのかよく知っているようで、穀潰しの親戚の名前を聞いたときのように、少し顔をしかめたり、眉をひそめたりしていた。

「ＤＳ（ディープステート）」

教授は言った。厳かに。「本当に厄介な連中だ。あらゆるところで、この国の全てを牛耳っている。恐らく、教育委員会の中にも入りこんでいる。いつでもお前たちの口を封じることができるぞ、と、やつらはテレビを通じてメッセージを送っているわけだ」

わたしは唇の端を上げた。ここが笑い出すタイミングだと思ったのだ。でも、そんなことはなかった。みな、真面目な顔で、真剣な表情で、教授の言葉を聞いていた。

「最近の銀行の破綻は、よい前触れだ」教授の言葉は止まらない。「ＳＷＩＦＴシステムはまもなく終わりを迎えるということだ。やがて預金封鎖が行われ、ＱＦＳがそれに替わる。ＤＳは抵抗を続けるだろうが、彼らのような存在がいつかは終わりを迎えるということは、歴史が証明している。我々はそれを見届けようではないか」

小さな歓声が上がり、グラスが触れあう。わたしは立ち尽くしている。それからも教授の話は続き、わたしはその内容の半分も理解できない。カミラも戸惑ったような顔をしているが、それでも教授の話を理解しようと耳を傾けている。わたしはアレンを探す。皮肉な笑みを浮かべながら、肩をすくめる彼の姿を探す。でも、そんな彼はいない。彼はまだそこにいて、教授の話のひとつひとつに頷いている。ジョークに微笑み、メモをとり、大げさに眉を吊り上げる。最悪。わたしは呟く。アレンがこちらを向く。目が合いそうになる。

「エリサ?」

気がつくと、わたしはカミラの腕をつかんで、出入口を目指していた。年配のご婦人の足を踏み、ウェイターのお盆をひっくり返したが、気にせず歩き続け、ドアを開け、階段を上る。放してよ、というカミラの言葉を無視し、道路をまっすぐ進み、路面電車の線路を辿り、水たまりを踏みつけ、とにかく遠くに行きたかった。いま、この場から、この地獄から離れられる場所なら、どこへでもよかった。夕暮れ時、あたりは深い青に沈んでいた。

「エリサ」

カミラがわたしの手をほどいた。それは靴ひもを解くような容易い仕草で、思わずわたしは立ち止まった。前から来た酔っ払いの男たちが冷やかしの声を浴びせたが、カミラが睨みつけると、彼らはおどおどとしながら去って行った。わたしは何歩か進み、交通量の多い交差点はちょうど赤信号で、また足を止めた。

「あのおじいちゃん先生、おもしろかったんだけどな」

行き交う車をカミラはじっと見ていた。「ああいうことは、まあ、年寄りだからあるんじゃないの? だけど、別にあたしだって信じてるわけじゃないから聞き流せるよ。それよりも、ローマ史が専門でさ、すごく飽きさせない授業してくれて。それじゃダメなの？」

「ダメだよ。それはインチキ（phony）だ」

　そう言いながら、わたしはその言葉があまり形を持っていないことに気がついていた。借り物で、すかすかで、食べ過ぎでできた脂肪みたいな。カミラはそのことに気がついただろうか？　表情は読みとれない。でも、わたしの手をそっと握ってくれた。

「あたしの学校は？」カミラが訊ねる。

「インチキ（phony）」わたしは答える。

「トニー先生は？」

「ダサい（phony）」

「あんたのクールな先生は？」

　わたしは答えない。

「あんたのママは？」

　沈黙。

「ダーウィンは？」

「いけ好かない（phony）」わたしは笑った。「猿とか人間とか、あいつが進歩させたせいで、わたしの人生めちゃくちゃだ」

「あんたは？」カミラは訊ねた。「あんたは、どうなの？」

わたしは、と口を開いたが、わたしは言葉が続かない。カミラはにこりともしない。まっすぐ前を見て、わたしと手をつないでいる。

「わからない」

わたしは正直に答えた。「自分はよく、わからない。自分がいちばん、くだらなくて、つまらなくて、最低な人間に思える」

「あたしもよ」

間を空けずにカミラが言い、まさか、と言いかけたわたしは、彼女の瞳を見て黙る。カミラの眼はとても濃い闇で、深くて、なにもかもが溶けてしまいそうだ。そして実際、そうなのだ。彼女はその中に、いろいろなものを溶かして、生きてきていたはずなのだ。わたしは目を逸(そ)らした。頬が熱くなった。

それから、わたしたちはしばらく歩いた。シャッターの降りたパン屋の前でヒールが折れるまで、言葉も交わさず。だけど、あのフットボールコートで笑い合ってたときよりも、電話で誰かの噂話をしているときよりも、わたしたちはわたしたちのつながった手を通して行き交う何かを感じた。たぶん、そうだ。それは電気とは違って、もっとたおやかで、ささやかなものだった。

わたしは立ち止まり、縁石に座り込む。ふうっと息を吐いて、カミラも隣に座る。ドブのにおいがして、姿は見えないけれど、ネズミの鳴き声も聞こえた。湿った風が通り抜け、ぶるりと震えると、カミラがわたしの肩を抱いた。わたしたちはしばらくそうして寄り添っている。

ここは暗い。暗すぎる。

「なにか——好きなもの、ひとつでもあげてみてよ（name one thing）。この世界で」

わたしは呟く。ホールデンのように。その声は小さく、溶けて消えてしまうのではないかと思ったけれど、「そうねえ」とカミラはわたしの言葉を受けてくれた。「プロテイン特盛の牛乳、アツアツのバターをかけたフライドチキン、チーズを三倍にしたピザ」

「ひとつでいいって言ったのに」わたしは笑った。「好きなことなんか、ひとつだけでじゅうぶんだよ」

「それじゃあ」

カミラはわたしの顔を見た。「始祖サンド」

ふっと時が止まる音がした。時間が止まる音なんて今まで考えたこともないから、それはあのプリウスのエンジンのふるえに似ている気がした。でも半音ずれていて、それでいてどこか手触りのよい毛並みをしていた。

「あのサンドイッチのオリジン、いつか食べてみたいと思ってたんだよね」

そう言ってカミラは、わたしのおっぱいをつついた。わたしはぎゅっとカミラを抱きしめた。カミラはやさしく抱き返してくれた。わたしたちはまあるく膨らんだ生き物みたいにひとつになって、しばらくこの世界に存在していた。世界は相変わらず、夜の中にあったのだけれど。そう、そうなのだけれど。

そしてわたしたちは、ヒールの折れたパンプスを脱いで、裸足で近くの二十四時間営業のスーパーに入る。それから、食パンとマヨネーズとチーズを買い、真昼の月みたいな光にライトアップされた看板の下で、ふたりではさみ、ふたりで食べる。五秒で。それは、人生で一番長い五秒だった。

名前をつけてやる

これは
「バッグ・クロージャー」
これは
「ランチャーム」
これは
「ポイ」
「クイズ王かよ」と朝世（あさよ）が口にすると、すみれは「まあ」と愚にもつかない返答をした。まあ、ってなんだよ、中国語じゃねえんだよ、と朝世は悪態をつく。大学のときに講師が言ってた。「ｍａ」の発音がこの世界のすべてですよ。まぁ、まあ、マア、マー。すべてなわけあるかい。
「じゃあ、橋口（はしぐち）さんが考えて」
ぶっきらぼうに朝世が言うと、すみれは黙った。すぐ黙る子なのだ。この春入社してきて、自己紹介を始める前に一分ぐらい（体感五年）固まっていて、心配になった課長が「大丈夫？」と声をかけてようやく「……ろしくおねがいしま……」と言ったところでぱらぱらとまばらな拍手が起こり、人材不足ここに極まれりだなと前髪弄りながら朝世は実感していたのだけど、まさか自分が相手をするハメになるとは思わなかった。てか、営業で入ってきたのに、なんでデザインの方に来た。というより、営業で採るな。秒でわかるだろ。

朝世の部署は商品デザインを手掛けており、ときどき、営業がとってきた海外製品に日本語のパッケージをつける、ということも行なっている。製品自体は安物で、百均とかで売っているような代物だ。合成樹脂で大部分がつくられていて、あったら便利そうだけど、買ったところであんまり出番がないようなもの。たぶん正確にいうと、日本のどっかの会社が企画つくって、海外でそれを製造販売して、大丈夫そう（売上的にも倫理的にも）なものをまた輸入するという、迂遠な逆輸入という感じなんだろうけど、細かいことに朝世はこだわらない。やってきた仕事を右から左に流していく。ゆく川の流れは絶えずして、給料とやる気そこそこにやっている。

バグチャル（仮）がやってきたのは、短い夏期休暇が終わったころで、朝世は行くところもないので実家に帰り、母親の様子を見てきたあとだった。畑仕事をする母親は壮健で、腰を痛めた自分の方がだいぶ参ってるんじゃないかと朝世は悲しくなった。「遊びみたいなもんだから」といくつかの畑を所有している母親の売上を聞いたら、ぜんぜん自分はその額に足のつま先ほども届いていなくって、やっべえなあと思いつつ、介護しなくてよさそうだなっていうのは安心した。死んだら遺産もちょっと入んじゃないの、とか思って、一緒に帰省していた兄にちょこっと言ったらガチめで最終日に怒られて、その気分のまま出社したら、「七島さーん」と、笹本トオルが呼んできたのでさらに嫌な気分になった。「七島さんって、笹本さんと仲悪いんですか?」と、ぜんぜん別部署の子に訊かれるぐらいは話しかけんなオーラを出しているのだが、当の笹本トオルは気づかず、普通に話しかけてくるし、飲みにも誘うし、面倒な仕事を振ってくる。鈍感な男なのだ。カメより鈍く、ウサギより頭が悪い。ウサギに失礼か。

「サンサンさんの案件なんだけどー」

サンサンさん(サンサンマルショップ)は、新興の値段均一ショップで、三〇〇円商品(税込三三〇円)が中心の、「スリコよりはお洒落感ないけどちょっとオモロイもん売ってまっせ」という風体の店だ。ときどき「これ何に使うの?」みたいなタイトルでユーチューバーやティックトッカー共の動画がバズったりして、客足を伸ばしてきている。自社製品もあるが、輸入物も多く取り扱っている販売形態だ。

「さて、これはなんでしょう」

と、ウザがらみを笹本トオルはする。彼が手にしているのは、手のひらよりちょっと大きめサイズのプラスチックの四角形で、薄緑の色をしている。

「わかりません」

短く答えて廊下を通り過ぎようとする朝世を塞ぐように、笹本トオルは腕を伸ばして壁にもたれかかる。壁ドンの亜種みたいな格好をしている笹本トオルをじとりとした目で睨めつけると、へらへらっと彼は笑った。

「ネパール？　のおもちゃ。てか、知らないわけないでしょ」

それはその通りだ。今度の新製品で、トラとヤギが追いかけっこをするボードゲーム。ネパールでは伝統的に遊ばれているというそのゲームは、「バグチャル」という異国情緒あふれる現地語ママの名称で呼ばれていた。まだ正式決定ではなかったが、「そのままの方がそれっぽいでしょ」というぼんやりした意見で、「バグチャル」のままパッケージにデザインする方向でデザイン部の方に話は流れてきたし、実際ラフ案までできていた。嫌な予感がするな、と思った朝世は、じろりのまま、やっぱり通り過ぎようとしたが、「どーどーどーどー」と、馬を扱うように言いながら、「お願いがあるんだよ」と、やっぱりへらりんと笑った。

「ピカリン、知ってるでしょ」

ああ、と朝世は頷き（うなず）、なんとなくその後の展開も悟った。ピカリン、というのは、最近来た営業部の部長で、いわゆる「外様（とざま）」組だが、室長の覚えめでたく、めきめき頭角を現している。ピカリン、という愛称というか蔑称は、関連会社の肝いりでやってきて、肝といえばアンコウ、アンコウといえばチョウチンアンコウ、チョウチンアンコウはピカピカ光ってる、ピカリン、という風吹けば桶屋（おけや）みたいな名付け方だったが、あまりにも迂遠すぎて、たぶん多くの人は、彼の持っているロレックスのやけにギラギラした時計のことを指すと勘違いしているに違いない。

派閥なんて大層なものがあるわけでもない小さい会社ではあるが、ピカリンはあまり今までいなかったタイプで、フィックスとかアジャイルとかコミコミでとか、そういう言葉を好んで使い、改革とか革命とか坂本龍馬とかを尊敬しているような口ぶりから察せられるとおり、いろいろと仕事がひっくり返されているという噂だった。

「お祭しお祭し」と、笹本トオルは四角形を手でくるくる回した。「やっぱ、『バグチャル』商品名はなしってことで」

「マジですか」

予感はしていたが、朝世の口から高校生みたいな悪態がついて出た。「ラフ、通しちゃいましたよ」

「ま、すまん」

笹本トオルは軽い口調ながら、真面目な顔をした。こういうギャップがうまい、と彼は自分で思っているんだろう。「ピカリンがね、今どき、こういう商法はやめましょうって」

「こういう商法」

「わけのわからない名前で興味をもたせてバズらせて売る、みたいな。あさましいんだとさ。うちの商品は、名前ひとつとっても本気です、というところを見せてほしい」

最後の言葉は、ピカリンっぽく、すごい低音で笹本トオルは言った。あの低音はマジなのかどうか、判断に迷うぐらいの低音なので、そういうところも深海魚っぽかった。深海魚が低音かは知らんけど。

「というわけで、他のデザインはそのまんまでよいから、名前だけなんとかしてくれ」

　ときどき朝世は、笹本トオルが、自分自身を上司か取引先の社長と勘違いしているんじゃないかと思っているのだが、そのときもそんな調子でポンと肩を叩くそぶりを見せて、それを彼女が避けて彼の手が宙を舞い、くだらない芝居でも見たような苦笑を浮かべて、笹本トオルは去っていき、後日、しっかり「名称変更兼デザイン変更の件について」というメールが来た。こういう「わかってる」感も嫌いで、朝世は無意味にゴミ箱にそのメールを入れたあと、「復元」ボタンを押した。

　すみれちゃんにやらせよう、と言ったのはデザイン部の偉い方の人で、朝世にそのサポートを命じたのも彼だ。正直、こんなこと誰だってやりたくないし、ヘイトもずいぶん溜まってるし、新人が考えたことにすれば、「新人が考えたんで」という逃げ道が用意できるという安易な発想によるものだった。安易すぎると朝世は思ったし、「安易すぎません？」と口に出しそうになったけれど、そこは口をぽっかり開けるだけで収まった。すみれはただ黙って話を聞いていた。いつも黙っているので、どう思っているのかはわからない。

「こんなわけわかんないボードゲームの名前なんて考えられっか、テキトーでいい。『ヤギとトラ』とか」と朝世は会議室Aでのたまい、やっぱりすみれは黙って考えるそぶりを見せていた。いつも黙っているので、本当に考えているのかどうかわからない。

「だいたい、世の中、商品名で呼ばないことも、正式名称を知らないものもあるんだから」朝世は続けた。「私は、資生堂パーラーとかで出るカレーの入った銀色の魔法のランプみたいな容器のことは、『カレーの入った魔法のランプみたいなヤツ』としか呼んでないよ」

「グレービーボート」

間髪を容れずにすみれが答えたので、そして久しぶりにちゃんと声を聞いたので、思わず朝世は「げ」という声を上げた。なぜ濁音を発したのか自分の喉を確かめるように触り、「なんて？」と訊き返した。

「グレービーボート。あの、カレーの、魔法のランプ、そう呼ぶんです」

「へえ」

愚にもつかない返事をして、朝世は、じゃあこれは、と次々と「よく見るけど名前の知らないもの」の画像をスマホで検索して挙げていくと、すみれはやはり次々と答えていくので、「クイズ王かよ」と朝世はため息のように言ったのだった。

すみれは盤上のヤギを指でつまみ、じろじろ見ている。「観察」をしてるのか、ただの手持無沙汰なのか、あいまいな境界の動作だった。

「あのさ」

ヤギの観察を続けるすみれに朝世は言った。「そんなに気負わなくていいよ。たかが三〇〇円の商品だし、商品名なんて、ほら、クイズにもなるぐらいだから、誰も覚えてないし」

あんたに押しつけただけだし、とはさすがに言わなかったけど、それでもすみれはなにも言わない。朝世はわざとらしくため息をつく。

「じゃあさ、『ヤギとトラ』でいい？　橋口さんが考えたことにしていいから」

すみれは顔を上げた。賛成です、の表情ではなかった。なにかを言いたそうに、口を開き、そして閉じ、目を伏せ、そしてもう一度顔を上げ、結局言葉は出ないが、「それはちょっと」という態度だった。マジか、と朝世は思う。意見はないけど反対はする、クイズ王だけどアイデアはない、ゆとりここに極まれりだな。もうゆとり世代じゃないかもしんないけど。

結局、アイデアはひとつも出ないまま、昼休憩のチャイムが鳴り、すみれは頭を下げると会議室Aを出ていった。マジか、と朝世は呟き、取り残されたトラとヤギを眺める。トラの駒を手にとり、思いっきり壁へ投げつけたが、柔らかい素材のそれは、なんの音もしなかった。

「バグチャル」は、ダイヤモンドゲームのようなルールで、四頭のトラが盤面のヤギを五頭捕まえるか、ヤギがトラを囲んで移動不可能にするかで勝敗が決まる。盤面は四×四の格子と対角線でできており、トラがヤギを食べるときは、ヤギ自体を飛び越す必要がある。二匹同時には飛び越せず、飛び越す先の目がフリーになっていなければならない。つまり、うまくヤギの駒を二つ並べて移動できればトラを封じ、勝つことができるのだ。力の弱いヤギにも勝利できる条件がある、というのはなかなかおもしろみのあるゲームだった。

じゃあちょっとゲームやりながら考えよう、となったのは、三回目の話し合いのときで、朝世も通常業務を抜け出して来ているわけであり、その分の業務は溜まっているので、とにかくこの仏像みたいに黙りこくる新人の口を開かせられるならなんだってやる、という気持ちだった。

意外にも了承したので始めてみると、朝世はすぐに負けた。朝世は有利そうという理由でトラを選んだのだが、瞬く間にヤギに囲まれてしまった。

「やったことある？」

と訊ねたが、すみれは首を振り、今度は彼女がトラの駒を手にした。だが、こちらも五分と経たないうちにヤギが全滅してしまった。

「経験者でしょ」となおも朝世が言うと、すみれは「違います」と短く答えた。「でも、似た、ゲーム、は、しました」

「似たゲーム？」

「キツネとガチョウ」

すみれは言った。「キツネとガチョウは中世のヨーロッパで流行したゲームの一つです。日本でも、『十六むさし』という似たゲームが親しまれており、このネパールの『バグチャル』も、原型は『キツネとガチョウ』であると思われます」

すらすらと喋るすみれを見て、「めっちゃ早口じゃん」と朝世は思わず口にした。すみれは顔をうつむけ、バグチャルを箱の中にしまった。その日はそれきり口を開くことも、アイデアを出すこともなかった。

すみれがクイズ研出身者だと教えてくれたのは笹本トオルで、彼女が映っているなんとか大会の動画を見せてくれたのも彼だった。別に頼んでもいないのだが、と朝世は思いながらも、いつもどおりの仏頂面で、次々と正解していく彼女の姿はなかなか新鮮であった。

「意外な一面っていいよね」

と、軽い調子で笹本トオルは言い、朝世は彼の頭をはたいた。大げさに顔をしかめながら、

「調子はどう？」と訊いてくる。

「まったく、全滅、殲滅（せんめつ）、鏖殺（おうさつ）」

「そりゃたいへん」

笹本トオルは朝世の言葉に楽しそうに応じる。「ま、うちもおんなじ感じ」

「どういうこと？」

ここだけの話、と笹本トオルは顔を近づけた。「ピカリンがさ、デザイン部の新人が考えるって聞いたらちょっと怒っちゃって」

「なんで？」

「自分の考えがテキトーにあしらわれた、って思ったんじゃないの？」笹本トオルは笑った。

「おかげで、営業部の方で代案出せって言われてるのだよ」

「じゃあ私らがやってる必要ないじゃん」

「世の中に意味のないことはない。新人教育の一貫だと思えばさ、いいわけ」

したり顔で笹本トオルは答えた。「とはいっても、オレたちも絶対やりたくないよ、そんなもん。自分でやれっつーの」

ねちっこいのは深海魚だからか？　などと口にしたあと、オレが言ったってバラすなよ、と笹本トオルは言い、あ、動画の方もな、と付け足したが、こういうのは確かに本人に言わない方がいいだろうし、そういうのがやさしさだと朝世も思うのだけど、むっつり地蔵の本人を前にすると我慢をする気にもなれず、「これ橋口さん？」と、会議室Aで朝世はスマホ片手に訊ねた。

「まあ」

と、すみれは返事をする。まあってなんだよ、と相変わらず思いつつ、すごいね、と素直な感想を朝世は言い、「マジでクイズ王だったんじゃん」と続けた。

「すごくないです。その大会も、成績、悪かったし」

ふうん、と朝世はスマホをたぐりながら、クイズの問題サイトを開き、「京都三大祭りといえば、五」と言いかけると、「時代祭」と返答があった。はやっ、と朝世は言い、気持ち悪っ、と心の中で叫ぶ。

「いわゆるベタ問です」すみれは言った。「京都三大祭りといえば、だけだといわゆる『ですが問題』にあたる可能性もありますが、『五』まで来れば、そのあとはほぼ確実に『五月の葵祭』と続きますから、そしたら正解は最後に出てくるであろう十月の時代祭になります。問い読みによっては、『といえば』のあとの微妙な間で判断して押してもいいかもしれません」

すらすらっと話すすみれを朝世がぽかんと見つめていると、彼女は目を伏せた。表情は変わらないが、耳が赤くなっている。

「しゃべれんじゃん」朝世は茶化すように言った。「さすが氷の女王」

「やめてください」

心底嫌そうな顔をすみれはした。動画のコメント欄には、「氷の女王」「能面」「クールビューティー」などといった文字が並んでいた。一定のファンでもいたのだろうか、などと朝世は思う。無造作に髪を後ろでくくっているナチュラルメイクテイストの細い目の彼女を眺めながら、特定の層にはウケそうだよな、とも考える。

「クイズは、答えが、ありますから」

すみれはとつとつとしゃべった。それが、自分の「しゃべれんじゃん」への応答だと気づくのに、朝世は少し時間がかかった。

「クイズは、しゃべることが、決まってる、んです。解答は基本的に、ひとつ、ですから、迷いません」

「日常会話だっておんなじようなもんじゃないの?」朝世は言った。「おはよう、つったらおはようって、返すじゃん。仕事だるいよね、には、そうですねー、みたいな」

「選択肢が、多すぎるんです」すみれは首を振る。「だから、言葉を選ぶのが、たいへん、なんです。クイズはパズルみたいなもので道順が決まってる。それを、たどるだけ。私は、すごく、ないです」

わからんでもない、と朝世は思う。確かに会話はだるいはだるい。ハラスメントギリギリの上司の合いの手へのツッコミとか、笹本トオルみたいな輩（やから）のハッパのやり過ごし方とか、「とりあえず死ねや」と一言で終わらせられればどんなにか楽だろう。

「でも我々社会人だからね」

朝世はそう言い、我ながらつまらないことを、とすみれを見たが、すみれはヤギの駒を手にしながら、真っ白な紙の前でボールペンをゆらゆらさせているだけだった。

最近、後輩指導してて、という話を母親にすると、彼女は「ダンゴムシも育てられんかったあんたがねえ」と、妙な昔話をされた。用があって電話をかけただけなのだが、くどくどと今後の人生設計についての苦言を呈されたので、わたしだってねえ、という感じでぽろっとこぼしたのがよくなかった、と朝世は後悔した。

「あんたは昔っから、人を小馬鹿にしたとこあるからね。ほら、あのサルみたいな」

「サル？」

「うちにあったじゃない」母親は、あー、ほら、と浮遊するような口調で言った。「シンバル叩いて動き回るサルのおもちゃ。あれなんて言うんだっけ」

「シンバルのサルじゃないの」

「そんなわけないじゃない。だからあんた単純なのよ」

それから会話が途切れ、その間に朝世は小指の爪を塗り終えた。あー、わかったわかった、と母親の声が遠くから戻ってきて、「わんぱくスージー」と彼女は言った。

「あのサル、そんな名前だったんだ」朝世は素直に感心した声を出した。「よくわかったね」

「インターネットよ。知らないの」

まるで近所の電線にとまる鳥の名前を口にするように母親は笑った。「すべての答えはネットに載っているのよ」

そんなわけなかろうという一般常識と、陰謀論にでもハマらないかという不安がせめぎ合ったが、結局、「それがわたしとなんの関係あんの」という別の言葉で止揚した。

「まー、人の失敗を騒ぎ立てるからさ。今でも覚えてるよ、ほら、あたしが言い間違いしたとき、片頭痛を『へんとうつう』って言ったらさ、鬼の首でもとったみたいにぎゃーぎゃーぎゃーぎゃー、ずっと言ってきてさ。それから、あたしがちょっとでも『頭痛い』とか言うとさ、『あ、へんとうつう』とかすかさず言ってきて。デリカシーがないんだよ」

そんなことあったっけ、という朝世に、そうやって覚えてないのもあんたの悪いトコだよ、と母親は続け、「物を教える立場ならそこんとこ気をつけないと」と、彼女は締めくくった。朝世は通話を切ると、「わんぱくスージー」の動画を検索した。流れてきたそれは、思ったよりも騒がしくアホ面をしていて、どっちがデリカシーないんだよ、と朝世は毒づき、それから、笹本トオルのことを思い出した。気分が悪くなる。が、この歯茎を露出したような顔で追従して手を叩く姿は、まさにコイツではないか、と考えつくと、愉快な気持ちになった。

笹本トオルとは同期入社で、初めは朝世も営業部配属だった。入社当時も、今とたいして変わりもない、カメレオンみたいなヘイコラ野郎で、清潔感のある身だしなみと笑顔を武器に、如才なく立ち回っていた。世辞だろうというのはわかっていても、笹本トオルの「さすがです！」「知らなかったなあ！」「すごいですねえ！」などの、乾き切ったさしすせその魔力には逆らえずに籠絡された上司や先輩は多い。

唯一、それが利かなかったのが同じ部にいた大熊さんで、彼女はそのときは朝世たちの直接の上司として働いていた。苗字を体現するような身体の大きな女性で、同時に肝っ玉も大きく、「そういうの時間の無駄だから」と、揉み手し始めた笹本トオルを一蹴し、次々と指示を出して「さっさと手を動かせ！」「口から先に動くんじゃないよ！」と叱咤したり痛罵したりしていく様子は痛快であった。もちろん朝世も例外ではないので、ヒイコラ言いながら、仕事のいろはを大熊さんから学んでいった。

「仕事なんてね、テキトーでいいのよ」

と磊落（らいらく）に言う大熊さんの仕事ぶりは決してテキトーではなかったにもかかわらず、そこにはある種の軽さがあった。それは朝世が初めて出会うタイプの大人であり、その身軽さを、自分自身も身に付けたいと、朝世自身も思うようになった。あの笹本トオルでさえ、「僕はね、大熊さんみたいになりたいんですよ」と、飲み会で口を滑らせた言葉を、きっと本人はもう忘れたいんだろうけど、朝世はいつまでも覚えていた。

　だから、大熊さんが退職をするとき、なんの声も上げなかった笹本トオルは意外でもあり、そうだよなという気持ちもあり、踏みにじってぐちゃぐちゃにしてやりたい感情もあった。表向きは自主退職ではあったが、進めていた案件の依頼主が蒸発してけっこうな負債を出した責をとって、というのは明らかだった。

「でもさ、それって部長がとってきて押しつけたヤツじゃん」朝世が給湯室でだらだらこぼす不平を、笹本トオルは黙って聞いていた。「あの時点でヤバイのはわかってたんだからさ、なんであの部長はノウノウとしてるわけ？」

「まあ、なんか処分はあるみたいだけど」

　反論じゃないくせに反論のような雰囲気の言葉を小さく口にする笹本トオルの頭を朝世は「そうじゃねーし」とはたいた。むっとした顔を笹本トオルはし、同じことをときどき大熊さんにやられたときはうれしそうにニヤニヤしてるくせに、わたしの叩き方とはなにが違うんだと、自分の手をじっと見ていたら、「啄木（たくぼく）か」と笹本トオルがつっこみ、朝世は意味がわからずもう一度はたいた。

「でも、あんまりそういうこと言わない方がいいよ」

と笹本トオルは最後に忠告したが、それから、風の噂で、大熊さんが親の介護のしやすい職場に転職したことも知ったし、案外元気にやっている様子を聞いたりもしたけれど、朝世は納得がいかなかった。いかないから、ぶつくさぶつくさ周りに文句を垂れ流していたら、年度替わりでデザイン部に異動になってしまった。元々デザイン部希望だったたし、別に問題はなかったけれど、会社の花形は企画を行う営業部で、デザイン部は実働部隊な感じでかるーく見られていたし、営業部とデザイン部の確執はずうっと聞いていたから、ああこりゃ島流しみたいなもんだと心底がっかりした。辞めようかとも思ったけど、それも悔しくて、それをバネになんとかやってきたし、最終的にあの部長もどっかに飛ばされたので溜飲(りゅういん)が下がったのもある。とはいえ、その経緯が今の朝世の仕事スタイルを形成しているというのは間違いない。結局、自分は大熊さんにはなれそうもないと、朝世はときどき思った。返す必要があるんだかないんだかわからないメールの文面をあれこれ弄っているときとか、客先で約束の時間をすっぽかされたけど笑って「いいですよー」と言うときとか。

「これ知ってる?」

母親の電話の翌日、すみれにあのサルのおもちゃの画像を見せると、「わんぱくスージー、もしくはMusical Jolly Chimp」と即答された。もう感心する言葉を発するのも面倒くさくなって朝世が黙っていると、「最近だと、トイ・ストーリー3にも出てきてましたよ」と、情報が付け加えられた。だからなんだよ、と朝世は思うが、口には出さないようにできるようになってきた。

「これさ、笹本トオルに似てない？」代わりに、写真をもう一度見せながら言った。「ほら、営業部にいる、気持ち悪い笑顔のヤツ」

「そうですか？」

横目でちらりと見るだけで、すみれはバグチャルを弄り続けた。「そんな感じじゃなかった気もしますけど」

あーはいはい、そういう話には迎合しないタイプだよねあんたは、と朝世はスマホを伏せ、トラの駒を爪で弾いた。

それでも、少しはすみれは朝世に心を開いてくれたらしい。集まるたびに、ぽつぽつとアイデアが出てくるようになった。業務の隙間を縫うように集まるので、五分や十五分だけの集まりもあったが、「これ」とスマホのメモ帳につらつらっと書かれたネーミングを見せてくれるようになったし、新しいものがまったくなかったときは、「……みません」と、頭を下げた。

この距離感、なんかに似てるな、と朝世は考え、ああ、子供のころ近所にいた雑種のデンだ、と思い出した。他の子供にはめちゃめちゃ吠（ほ）えまくるくせに、朝世の前ではじいっと見つめてぴくりともしない犬だった。かといって懐くわけでもなく、敵意剝き出しに鼻に皺を寄せるのだが、それでも吠えずに、じいっと朝世のことを見つめていた。おかげで、その飼い主からは、朝世が勝手にエサをやっているのではないかと疑われる始末だった。そういうタイプの生き物と気が合うのかもしれない。

　アイデア自体の数は集まりつつあるものの、正直大した意見が出ないな、と朝世は感じていた。「ヤギさん☆トラぶる」「トラ！トラ！ヤギ！」「ごメェ〜ね、すなおなトラじゃなくて」「タイガー＆ゴーツ」、などなど。「こういうのは、パロディがいいの、かと」とすみれは言ったが、元ネタがよくわからないものもあったし、わかったところでおもしろくもない。かといって、考えてくれたものを貶めるわけにもいかないので、「いいじゃんいいじゃん」と軽めに褒めながら、次だよ次、と先をうながした。

　そうは言いながらも、時間も有限なので、そろそろ絞ろうとしていた矢先、営業部から「『バグチャル（仮）』ネーミングの件について」という社内メールが来た。「この度は」「混乱させてしまい」「誠に申し訳ない」などというような定型文のあとに、「つきましては」「部内で再度検討を重ね」「『バグチャル（仮）』のネーミングについては営業部が責任をもって再考したい」などということが書いてあった。こういうときに、笹本トオルが直接来ないのはズルイよな、と朝世は口の中で彼への呪詛をくちゃくちゃかみしめた。

「見た？」

会議室Aで朝世が言うと、すみれは頷いた。「勝手だよね」すみれはまた頷く。

「絶対ピカリンだよ」

ピカリンという言葉にすみれは不審そうな顔をしたので、朝世は営業部長のあだ名の由来の話をしてやった。深海魚。ピカピカ。にこりともしなかったが、深く納得したような顔をしていた。営業部も災難だね、と朝世は独りごちる。

「でもまあ、これでうちらの手間は減ったよ。今までの時間は返してほしいけど」

朝世はトラの駒を爪で弾いた。トラは倒れる。隣に座っていたすみれは、それを指でつまみ、元に戻す。朝世を見る。朝世はいぶかしげに眉をひそめ、彼女の視線を受け止める。五秒ぐらい、すみれは朝世を見つめたあと、鞄（かばん）からノートをとりだした。黙って広げる。そこには、びっしりと文字が埋まっている。「バグチャル（仮）」の名前だ。見開き一ページ、びっしり。いや、と思い、朝世がそれをめくると、次のページにも、次のページにも、候補がいくつも書き加えられていた。今まで見せられたスマホのアイデアは、一部だったというわけだ。こんなに考えて候補になるのがスマホに書かれたあんだけか、というようなことを口にしようとして、朝世は、「がんばったじゃん」と、自分の気持ちとは反対の言葉を伝えた。自分でもちょっとびっくりする。がんばったじゃん？　そんな労（ねぎら）いの言葉、久しく誰にも言ったことがない。仕事は憂鬱で苦痛で、いかに省エネで行うかが大事なはずなのに。

「ネーミングの本、もいっぱい読みました」

すみれは言った。「私なりに、キャッチーで、親しみやすい名前を、この、商品に、つけたい、んです」

めんどうだな、と朝世は思い、めんどうだな、という顔をしたが、「やってやるか」と、ぜんぜん別の気持ちの言葉を口にした。会議室Aを出たあとも、厄介で億劫な気分は消えない。自席に戻ったあとも、ため息が出る。急ぎの案件が来ていたので、書類をつくり、プリントアウトして主任のデスクに持っていく。ちらりと眺めた彼は、さささっと赤字をいれると、「誤字だらけだ」と突っ返した。「七島、なんか浮かれてんのか？」なんにも。と、朝世は答える。席に戻り、座る。なんにも。と、呟く。

それから、デザイン部の部長経由で「ご提案ありがとうございます」「しかしながら」という内容のメールを送ってもらったところ、紆余曲折あって、社内コンペが開かれることになった。数多ある安い商品のネーミングにそんな労力のかかることなど普段はするはずもないのだが、部長もピカリンのことを嫌っており、やろうやろう、吠え面かかせてやろうと乗り気になっていたのもよかったのだろう。「やってくれたな」と、廊下ですれ違った笹本トオルは、相変わらずのうすら笑いの表情だったが、目はかなり淀んでいた。ざまあみろ、と朝世は、皮肉のひとつも言わない笹本トオルの背中に舌を出した。

三日後のコンペに向けて、朝世たちは作戦を練った。今度は業務時間は使えないから、定時後、残業しながら作業をした。名前は、「トラと20ぴきの子ヤギ」に決めた。朝世の「子供にもわかりやすいのがいい」という主張と、「なにかのパロディであるほうが印象に残りやすい」というすみれの意見をすり合わせた結果、有名な童話のタイトルを使うことにした。

「営業部は、『バグットヤッチャル』らしいよ」

朝世が言うと、すみれは顔をしかめた。情報源についてかと思い、「もつべきは友人だよ」と、朝世は続けた。笹本トオルは頑（かたく）なに情報を出さないので、他の同僚経由で確認をした。

「そうじゃなくて」

と、すみれは言った。「それ、だと、トラがメインになりませんか」

バグチャル、の語呂合わせなのだろうが、確かにそうだった。

「このゲームの醍醐味（だいごみ）は、ヤギでも勝つ可能性があるところです。そういう名前の、方が、いいです」

だよね、と朝世はにいっと笑い、がんばろうぜ、と右腕を挙げた。パーにしたそれはしばらく空中を漂い、不思議そうな顔をしているすみれを見て、ぎこちなく朝世は笑い、ひらひらと手を振った。

部長にもＯＫをもらい、突貫工事ではあったが、実際にパッケージに載せる商品名のデザインも作成した。朝世は企画部の同僚に働きかけ、「サンサンさん」の販売層のデータを入手し、子供連れの家族の購買力が高いことや、昨今のボードゲーム熱の状況などをデータを交えて提示した。すみれはそれらを元に、「童話の題名に着想を得た」「このネーミングが最も適している」などという原稿とスライドをつくった。簡潔かつ説得力をもつ文章で、「さすが女王」と朝世が言うと、すみれは相変わらず真面目に「やめてください」と顔をそむけた。朝世は彼女の耳の色が変わらないかと、しばらく眺めた。

前日にようやくスライドと原稿が完成した。外は真っ暗で、働き方改革の進む社内に残るのは朝世たちだけだった。小さな会社なので、自分たちで戸締りをし、警備会社に連絡をして外に出る。木曜日の夜はそれなりの賑わいで、でもそれなりで、「ご飯でも食べる?」と声をかけようか朝世が迷っていると、「行きたいとこ、あるのですが」と、すみれの方が先に口を開いた。

途中でコンビニに寄って、おにぎりをいくつかとペットボトルを買うと、すみれが向かった先はゲームセンターだった。かなり拍子抜けをした朝世は、ガンガン音が鳴り響き、ギラギラ光る照明の下で、少し立ち尽くしたが、来ないんですか、とでも言うように朝世を見やるすみれを認め、ギラギラガンガンの店内に足を踏み入れる。高校生以来だ、と思う。

すみれは入口のクレーンゲームやプリクラ機などには目もくれず、店の奥まったところを目指す。そこには、筐体が六台ほど、向かい合わせに置かれていた。誰も使っていない。大きな画面には、「レッツひらめけ☆クイズSHOW!」というロゴが躍っている。

「なにこれ、クイズのゲーム?」

「はい」

と、すみれはさっさと椅子に座る。「こうして、ICカードにデータが紐づいているので」と、筐体にタッチすると、ロード画面のあと、アバターが表示された。名前の欄には「ｖｉｏｌｅｔ」とあり、トラ耳のデフォルメされた女の子が映っている。トラ耳？　と朝世は目を疑う。表示されているすみれのレベルは三桁で、それがどのぐらいすごいのか、朝世には見当がつかない。

「クイズ、興味あるのかと思って」

別にない、と咄嗟に思ったが、朝世は口には出さなかった。筐体はネットワークに繋がっていて、オンライン上で対戦できるようになっており、「通信中」という画面では、参加者が次々と現れ、合わせて、「高松店」「札幌店」のように、全国のいろいろなゲームセンターの名前が出てきた。三択、並べ替え、近似値、という形式の問題がどうやらランダムで出題されるようだった。

「橋口さんなら圧勝じゃないの？」

「そんなことないです」

すみれは短く答えた。開始五秒前のカウントダウンが始まり、すみれの手はタッチパネルの画面の上にかざされている。表情はない。きっとこれが、彼女の真剣な顔なのだろう、と朝世は思った。

ジャンルは多岐にわたり、歴史・文学・芸能など、バラバラに出題されていく。それを制限時間内に入力、時間切れになる前に他の参加者が答え終わったら正誤が発表、次の問題へいく、という流れだった。すみれは問題がすべて表示される前に、なんなら五文字ぐらいのときにも既に答えていて、スポーツ選手のアクロバット技巧を眺めているようだった。

とはいえ、解答速度は常に上位をキープしていたが、毎回一位ではないことに驚いた。

「競技クイズはけっこう人気ありますから、みんな強い、んです」とすみれは言った。「私も、前より、遅くなってます、し」

それでも、ゲーム終了時には総合一位を獲得した。朝世が「おおー」と素直に拍手をすると、「まあ」と、いつも通りの答えを返し、髪をたくし上げた。その仕草が、あまりにもぎこちなくて、朝世は思わず、ははっと笑い声を上げた。すみれの表情は、顔を背けているのでわからない。朝世は、手に持っていたペットボトルを、すみれの肩越しに渡す。

「ありがとうございます」

すみれは頭を下げた。それから、キャップをとらずに、もう一度、「ありがとうございます」と言った。ん？　と、朝世が飲みながら言うと、すみれはなにかを考えるかのように口を開き、また閉じ、視線をそらせ、また開いた。

「グレービーボート」

一瞬、なんのことかわからなかった。カレーの、銀色の、とすみれが続けて、ああ、と朝世は思い出した。

「私もそう、答えたんです」

なにが、と訊ねる前に、「魔法のランプ」とすみれは答えた。「クイズ研に入ったころ、その問題が出て、わかんなくて、そう、答えたことがあるんです。魔法のランプって、けっこう、小声で」

「わたしと一緒じゃん」

「そうなんです」

「運命みたいだね」

すみれは笑うかと思ったが、朝世の言葉に真面目な顔をして頷いた。朝世はどう続けていいかわからず、顔を逸らし、「これなに？」とはぐらかすように訊いた。初期画面では、「オンライン」に並んで「ガチ対戦」という語があった。

「これは、一対一の対戦です。店内か、ネットワーク上にいる対戦者を選んで遊ぶことができます」

すらすらっとすみれは説明をする。ふうん、と朝世は頷き、「じゃあやろうよ」と、向かいの席に座った。でも、とすみれは困った顔をする。

「自分には勝てない、てか？」

朝世は笑った。「じゃあさ、勝った方が明日のプレゼンしゃべることにしよう」

「それじゃあ」

「わざと負ける？」

そう朝世が言うと、すみれは、いえ、と座り直した。「負けません」。そして、言葉通り、朝世は一ポイントもとることができなかった。


けれど、翌日、すみれはコンペに来なかった。

「すみません」というLINEが一通来たきり、会社を休んだ。かどうかはわからないが、少なくとも、デザイン部には来なかった。大勢の前でしゃべるのだ。半分は予想できてはいたけれど、思ったよりもショックで、そんなことにショックを受けている自分にも、さらにショックを感じ、そういう些細（ささい）な衝撃が自分の胸のうちで堂々巡りを繰り返している波を感じた。

もちろん、朝世はしっかり資料を読みこんでいたし、原稿の発表もソツなくこなせる自信があった。だけど、そうじゃないだろう、と、空っぽのすみれのデスクを見て、呟いた。そうじゃないだろう、すみれ。

会議室Bには、ピカリンをはじめとした営業部と、デザイン部の面々、それに他の部のお偉方が物珍しそうに集まった。大した数ではない。社を左右するような一大プロジェクトではないのだ。みなの表情も弛緩（しかん）している。笹本トオルはにこやかに挨拶まわりをしており、朝世とも目が合い、なにか調子のいいことでも言ってくるかと思ったが、一言、「勝負は勝負だからな」とだけ言った。どうしてだか、朝世は、原稿を握る自分の掌が、じっとりと汗をかいているのを感じた。

発表は営業部の方からで、スライドは、いきなり、彼らの考えた「バグットヤッチャル」のロゴのデザインから表示された。「バグッ」の部分が、トラの口を模したオレンジと白の縁どりで丁寧に表現されていて、小さなヤギが、ロゴのまわりを何匹かうろうろしている。全体的にかなり洗練されていて、誰がつくったのかとスライドをよく見たら、端に小さく、でも小さすぎないぐらいのフォントサイズで、「原案」という表示のあとに名前が続いていた。

「まず我々は、ネーミングひとつとっても本気である、というところをお見せしたいです」

その「原案」のイラストレーターは、社外であったが、業界では名の知られた存在で、あとで聞いたところによると、ピカリンの知り合いらしい。どういう経緯で「原案」というクレジットに同意したかはわからないが、集まった人間たちにインパクトを与えるにはじゅうぶんだった。勝負は勝負。笹本トオルの言葉の意味を理解する。このコンペはもはや、ネーミングの善し悪しの判断ではなくなったのだ。発表している若手の男性社員はきっとピカリンの懐刀かなんかなのだろうが、胸を張って堂々と横文字を並べている。

朝世の番になった。大きく深呼吸をして、すみれとつくったスライドを表示させる。「トラと20ぴきの子ヤギ」。ロゴが表示されたときに、失望したような息が漏れたような気がしたが、朝世は前を向いて、しゃべった。「遊びは子供の原点です」朝世は言った。これは、すみれがこだわった文だ。一緒に考えた。夜中に。会議室Aで。「そして、誰しも、大人でさえも、内なる子供を持っています。なにかを目いっぱい楽しむ、打ちこむ、やり続ける。子供をもつ誰もが楽しむために、今回のネーミングは、私たちのものが、相応しい、そう思います」
熱っぽい朝世の説明に、今度は明確に失笑があったが、最後まで下を向かずに話し続けた。勝敗は明らかで、形ばかりお偉方が話し合ったあと、営業部の案が採用された。ピカリンは喜ぶでもなく、ゆっくりと頭を下げて、最後にちらりと、朝世の方を見た。朝世は彼に向かって、黙ったまま、慇懃に頭を下げ、会議室Bを出た。今日は誰にも会いたくないな、と思いながら。

だから、すみれを見かけたとき、怒るよりも、顔を見たくない、という気持ちのほうが勝った。すみれは給湯室から出ようと足を踏み出し、きょろきょろしていた。咄嗟に朝世は廊下の観葉植物の陰に隠れた。すみれはあたりをうかがいながら、逡巡するように出たり入ったりを繰り返している。保健室登校する生徒みたいだと朝世は思った。いつ到着したかはわからないが、なんとかここまでやって来たのだろう。朝世は、とりあえず口角の下がった口元を無理やり指でぐにぐに動かして表情を整えると、声をかけようとした。

「すみれちゃん」

しかし、先に声をかけたのは、笹本トオルだった。なんだあいつ、セクハラしたらぶっ飛ばすぞと朝世が大股一歩を踏み出した。が、すみれは彼の姿を認めると、わっと泣き出した。笹本トオルは彼女の肩を抱く。え、え、と朝世は戸惑いながらその様子を見る。不格好にこの日のために買ったちょっとお高いストッキングに包まれた脚は、やはり不格好なまま不格好な様子を保持していた。あ、そうなの、そういう関係なの、やってらんねえよ、と朝世は軸足をかえると、観葉植物を蹴飛ばした。その音に気づいた笹本トオルが顔を上げる。その目は、心底申し訳なさそうな顔をしていて、その申し訳なさそう具合がさらに不愉快で、朝世はきびすを返した。席に戻り、じいっとトラとヤギの駒を眺める様子を、勘違いした部長が「今日はがんばったよ」と労い、とにかくなにも言いたくなくて、とりあえず黙っていた。なるほど、黙っているのは、思ったより大変だ。

それから、すみれとは一言も口を利かなかった。

もともと、あいさつだってろくにできない新人だ。朝世は気にしなかったし、部長が配慮したのか、仕事を組むこともなくなった。

唯一、「バグチャル（仮）」もとい「バグットヤッチャル」にロゴが変わったパッケージデザインの調整は、すみれが行うことになり、その引継ぎだけは朝世が行った。どうしても、と部長に頼み込んだらしいとウワサに聞いた。まあ知ったこっちゃない、と、必要な資料だけ揃（そろ）えると、「あとはできるでしょ」とだけ言い残して、すみれの座る椅子の背もたれの先をちょん、と叩いた。ありがとうございます、という小さい声が聞こえた気がしたけど、もうそれは気がしただけにして、朝世は知らないふりをした。

笹本トオルとも話したくはなかったが、少しだけ会話をした。廊下ですれ違うとき、「マジ？」と、逆壁ドンみたいな姿勢で問い詰め、「いやあ」と笹本トオルのへらへら声がたまったみぞおちを軽く小突いた。軽くのつもりだったが、おおう、と笹本トオルはうずくまった。遊びだったら殺すぞ、と言おうとしたが、そんなベタなセリフを放つ自分はいったい何様だと考えなおし、「とりあえず死ねや」とだけ言い残した。がんばるよ、と笹本トオルは言い、意外だね、と、力なく笑う。意外？　何が？　と返すと、いやあ、と彼は立ち上がり、「もう興味ないのかと思ってたからさ」と答えた。仕事に？　会社に？　人間関係に？　いろいろ訊きたくなったが、朝世はそれを無視した。

朝世の生活に変わりはない。ゆく川のながれは絶えずして、日暮らし、適当に仕事をしている。少しだけ加わったのは、仕事終わりに、ゲームセンターにときどき寄るようになったこと。「レッツひらめけ☆クイズＳＨＯＷ！」のレベルは、ようやく二桁にのった。くだらない、と思いながら、運よく早押しで一番をとったときは、「よっしゃ」と声を上げたりする。それだけだ。

だから、「サンサンさん」に寄ったのは思いつきに過ぎない。あの商品はもう見たくもなかったが、商談の帰りに寄ったデパートに店舗が入っていたのだから、仕方がない、と思うことにして、店内に足を踏み入れた。おもちゃコーナーに、「バグットヤッチャル」はいくつもぶら下がっていた。売れ行きはよくわからない。半年もすれば消えてしまうかもしれない。そういう商品なのだ。たったそれだけの、誰の人生を変えるでもない、そんな、小さな商品なのだ。そのはずだったのだ。

朝世はそのひとつを手にとる。ビニールに、ヤギとトラのプラスチックの駒が入っていて、背景の台紙には、淡い色どりの水玉模様が、泡のように広がり、上部にでかでか商品名が入っている。「バグッ」の口の部分が、嘲(あざけ)るように見える。私たちは、いや、私は負けたのだ。朝世はため息をつき、戻そうとしたときに、なにかが目に入った。

深海魚。

はじめはよくわからなかった。目を凝らす。背景の水玉。薄いピンクや水色で彩られたそれは、記憶のものよりやや濃いように感じ、そして、右下の、小さな小さな水玉には、その輪郭に合わせて薄く薄くイラストが描いてあった。汚れかと手で拭(ぬぐ)っても消えないそれは、確かにチョウチンアンコウであった。深海で光る、魚。ピカピカと。もし声を発することができるなら、低い低い声で。横文字を使って。こんなことできるのは、最後の調整をした人間しかいない。

「すみれ」

朝世は声に出した。その名前を、声に出した。思ったよりも軽やかで、明るい響きだった。それから、「バグットヤッチャル」を手にとり、いやいや、と首を振り、また棚に戻した。店を出て、コンビニでおにぎりとペットボトルを買う。

その日も、「レッツひらめけ☆クイズＳＨＯＷ！」の筐体は空いていた。いや、先客がいた。すみれだ。朝世は彼女を認め、今日は帰ろうかと思ったが、太ももを一回たたき、そのままずんずん進み、わざと大きな音を立てて人工革の座面に腰を下ろした。正面。ぎっと睨む。すみれが顔を上げる。一瞬だけ目を見開いたが、すぐに顔を画面に戻す。

朝世はＩＣカードをタッチする。ヤギはなかったので、代わりに選んだウサギ耳のアバターが現れる。迷わず、「ガチ対戦」モードを選ぶ。店内検索で「ｖｉｏｌｅｔ」のハンドルネームが出るので、そちらを押す。すみれは顔を上げない。画面を見つめたまま。でも、その「対戦」は承諾される。

四択、画像、○×の三つのクイズ形式がランダムで決まる。四択。「出世魚のボ」で問題は止まり、すでにすみれは解答している。正解は「とどのつまり」。知るか。「ブルージ」止まる「ニーム」気持ち悪すぎる。朝世は一問も答えることができず、相手の筐体の賑やかな効果音を聞き続ける。すみれの表情は相変わらずだ。ずいぶんと、その表情を久しぶりに思う。

画像問題は早押しではなく、出題される画像がなんであるかを、十五秒間でタイピングをして答えるというものだ。画像は徐々にルーズになったり、モザイクがとれていったりするなど様々である。どちらも正解であれば解答時間の早い方に得点が入る。一問目はモザイクで、たぶん三秒ぐらいですみれは解答したのだろう表示が出ていた。朝世はモザイクがすべてとれて、それが「跳び箱」であることがわかったが、そもそもタイピングする時間はなかった。

「わたし、あんたが嫌いだよ」

画面のロード中、朝世はそう言った。画面に向かって、呟く。「しゃべんないくせに偉そうだし。コンペの日に来なかったのだって、マジで許してないから」

ロード画面が終わったが、「次の問題」をすみれが押さないので、画面は変わらない。朝世は、ぐねぐね動く自分のアバターを眺めながら、「それに」と続け、そして口を閉じる。笹本の、と続けようとしていた自分が阿呆(あほ)らしく思えて、やめた。代わりに、だけどの「だ」の口にした。

「だけど、あれは最高だった」

チョウチンアンコウ。ピカリン。朝世は口にしたあと、すみれの様子を見る。憎たらしいぐらい、表情が変わっていない。澄ましている。

「笹本さんのおかげです」

すみれが口にするその名前は、自分が発する音とぜんぜん違うな、と朝世は思った。「今回ばかりは営業部のチェックも入りますから、ちょっと、手を回してくれたんです。ピカリンにバレないように」

あいつが、と朝世は呟き、頭をはたきたくなったが、手ごろなものはなにもなかった。代わりに、すみれを見ると、彼女は顔を上げていて、朝世を見ていた。言葉はなかったが、その視線には色があり、意味があり、感情があった。それをつらまえようとする前に、画面が変わる。次の問題が表示される。

二問目。これはパズル状にバラバラになった画像が徐々に元に戻る、という形式だった。前に出たときは手も足も出なかった。ぱっと見たとき、これもまたダメだろうなと朝世は思ったが、銀色の一部に目を留めた瞬間、ぶわっと、頭の中が沸き立つ感覚があった。記憶がもしも羊の群れなら、そこから黒い一頭が、急に、前触れもなく、駆け出した感じ。黒い羊はどんどんどん、朝世の頭の中を駆け巡っている。

資生堂パーラー。カレー。

朝世は顔を上げた。すみれも顔を上げた。たぶん、一秒にも満たない間に、朝世は二人の一メートルかそこらの間にある細い細い弛(ゆる)んだ糸が、ぴんと張るのを見た。あ、と声を漏らしたときに、既にすみれは解答を入力していた。朝世も少し考え、入力する。制限時間が終了する。それぞれの解答が表示される。

魔法のランプ

ブブー、と朝世の筐体が不正解音を鳴らした。でも、朝世は顔をしかめない。少し、頬が緩むのを感じる。

グレービーボート

すみれはそう入力していた。景気のいい正解の効果音が、彼女の筐体から鳴り響いている。トラ耳のアバターが、ニコニコ顔で喜ぶモーションが表示されているのだろうが、現実のすみれはいつも通り画面を見たまま、眉ひとつ動かしていない。

「おいおい」朝世は言った。「今、正解を書く流れじゃなかっただろ?」

すみれはようやく顔を上げた。能面、氷の女王。お前ら、なにを見てきたんだ。朝世は思わずそう言いそうになる。でも、言わない。そうしたら、それを告げてしまったら、本当に、自分の負けだからだ。

「勝負は勝負ですから」

短くすみれは言い、また視線を戻した。朝世はその口調に吹き出す。この短い二人の距離に、糸が一本伸びている。その糸の色の名前を考えようとして、やめて、朝世は「次の問題」のボタンを押した。

あしながおばさん

拝啓

盛夏の候、時下ますますご清栄のこととお慶び申し上げます。日頃より、御社の料理を楽しみに通っております。特に、定番メニューである〈勝ドキスペシャル〉は、マイナーチェンジを怠ることなく、いつも揚げたてでおいしい料理を安価で提供していただいていること、感服しております。

さて、このたびは、〈勝ドキスタンプカード〉廃止の件についてご意見申し上げたくご連絡差し上げました。まったく突然のことで驚いております。私は五年ほど御社の店舗を利用しておりますが、少しずつ溜まっていくブタのスタンプを楽しみに通っておりました。割引も大事ではありますが、どちらかというと、自身が通っていた記録のようなものとして楽しんでおりました。このような形で終了してしまうこと、とてもさみしく思います。

難しいこととは存じますが、なんらかの形でスタンプカードを残していただくことはできないものでしょうか。ひとりの利用客として、切に復活を望みます。

敬具

「かつ料理　勝ドキ」は、株式会社サウザンドメモリーズＨＤを親会社とした、首都圏を中心に展開する揚げ物料理専門のチェーン店である。昨年度の売り上げはおよそ十三億円と、外食チェーン業界の中で突出しているわけではなく、余裕のある経営でもないが、それなりに知名度もあり、ファミリー層にも浸透している。創立当初は、トンカツ専門店として名乗りをあげたが、業務形態が多様化し、現在ではテイクアウトも含め、揚げ物全般を取り扱っている。

「かつ料理　勝ドキ」の東八王子店は、中央線東八王子駅徒歩二分の場所に立地する。国道二十号沿いにある吉井ビルの一階に店舗を構えており、隣には中華料理店が、二階には整骨院がある。居酒屋の店舗を居抜きして五年前に開業した。近くに大きな大学（私立大成国際大学八王子キャンパス）があり、平日は学生で賑わう。アルバイトは早朝と深夜には時給が百円アップし、その大学の学生が働いていることも多い。

「牛尾れいな」が働いているのも、この「かつ料理　勝ドキ」東八王子店だ。れいなは近くの大学に通う三年生で、経営学部に所属している。シフトは夜がほとんどで週五日。土日に入ることもある。ホール担当で、人手が足りないときはキッチンも請け負うが、それはほとんどない。アルバイトを始めてから一年ほど経過し、かなり接客態度も板について来た。長野から来たという彼女は、最初は声も小さく、初日は皿を三枚割った。今では、新しく入ってきたアルバイトの指導も堂々とこなせる。「いらっしゃいませ！」のあいさつは、全アルバイトの中でも明るく大きく、それでいて圧迫感がない。気配りも細やかで、店内がどんなに満員でも、お冷(ひや)のおかわりや下膳(さげぜん)にもよく気が付き、その際の「よろしいですか?」という声かけも自然だ。店内が空いているときは、厨房(ちゅうぼう)から彼女の笑い声がよく聞こえてくる。店員の話し声が聞こえるなどけしからんという頭のカタイ客もいるのかもしれないが、和気あいあいとした雰囲気であることがよくわかるし、彼女がその中心にいるのだろう。

　わたしは彼女を初日から見ているが、いい意味で彼女は変わらない。もちろん、下膳や接客など、技術の向上はあるが、彼女が芯にもっているであろう、客への態度の部分は、それによって疎(おろそ)かになることはない。退店する際の「ありがとうございます」は、心底感謝の気持ちがこもっているし、提供が遅れたときなどの「申し訳ありません」は、相手をまっすぐ見つめて謝罪の意思を示している。

　わたしはれいなを認識しているし、彼女もわたしを知っている。わたしを見たときの「いらっしゃいませ」は、他の初見の客とはトーンが違うし、会計時の「またお待ちしております」でもしっかりわたしのことを見てくれている。「馬野(うまの)」という自分の苗字(みょうじ)をわたしはさり気なく伝えていて(あなた牛尾って言うのね、わたしは「馬野」だから、親戚みたい)、れいなは、自分のネームプレートを指して「同じ牧場出身かも」と、にっこり冗談を言ってみせた。店内がそこまで混んでいなければ、料理を持ってきたときに世間話を少しだけすることもある。いつも元気ですてきね、大学はどうなの、休みは実家に帰るのかしら、など。もしわたしが中年男性であったら彼女は気を許していなかっただろうが、わたしはだいぶくたびれたおばさんだし、結婚もしているし、れいな自身は屈託なく答えてくれた。元気だけがとりえなんですよ、単位落とさないようにしなくっちゃ、母親は帰ってこいってうるさいですねえ、と答えるときに、「ねえ馬野さん」と間投詞のようにわたしの名前を投げ込んでくれた。そして、「ごゆっくりどうぞ」と一礼して戻っていく。

特に、わたしは〈勝ドキスタンプカード〉が好きだった。彼女は実にまっすぐとスタンプを押す。スタンプは満面の笑みを浮かべるブタを正面から描いた一センチ四方程度の大きさのものので、スタンプ欄とスタンプ自体の大きさはほぼ一緒なので、はみ出さないようにと、れいなは狙いを定めるように、いつもゆっくりとそれを押す。ちょうどブタの耳は中央で線対称となり、にじみも掠(かす)れもなく、ブタのスマイルが赤く押される。他の店員は、ちょっと傾くぐらいはご愛嬌(あいきょう)で、ひどいときは逆さまになったり、半分みえなくなったりするのに比べれば、なんとまじめなのだろうとわたしは思う。

「割引は使われませんか?」

毎回、律儀に彼女はわたしに訊(たず)ねる。スタンプカードは最大三十個押すことができて、千円ごとにひとつスタンプが押される。スタンプは十個ごとに、百円、三百円、五百円、と割引額が変わっていく。わたしは満タンを目指しているので、そのたびに断る。

「ほら、せっかくだから、五百円のほうがいいじゃない?」

本当は、まっすぐ前を向いたれいなのブタスタンプを溜めていくことが好きなのだが、もちろんそんなことは告げない。そうですよね、割引大きい方がお得ですものね、などと彼女は答えながらスタンプを押し、「はやく溜まると良いですね」と笑顔でカードを返す。わたしはそれを受けとり、ちらっと今回押されたまっすぐなブタの表情に満足する。

　そういうやりとりをしていたものだから、今回のスタンプカード廃止のお知らせには愕然とした。スタンプ使用の終了期日は今月末で、溜まったポイントは、十個ずつ溜まっていれば、その割引額は使用できる、と張り紙があった。店の制服を着たブタのイラストが申し訳なさそうに頭を下げている。

「そうなんです、申し訳ありません」

　思わず、レジのれいなに「終わっちゃうの？」と不平のこもった声で告げると、彼女は困ったような表情で頭を下げた。

「どうしますか、二十個は溜まってますから、そちらをお使いになりますか？」

　いや、とわたしは動揺した。当然の話ではあるが、そうそう毎日外食はできない。子供はいないが、夫はいるし、そもそも、揚げ物を頻繁に食べられるほどわたしは若くもなく、胃腸も強くもなく、体重管理がしっかりできるわけでもない。頻度としては、ひと月に一回、二回程度なのだ。そうやってこつこつと溜めてきたブタのスタンプが、こんな形であっけなく無用の長物と化そうとは思いもよらなかった。

「また今度にするわ」

そうわたしは答え、わかりました、とれいなは、スタンプカードを返した。なにも押されず、変化のなかったそのカードをわたしは眺め、とりあえず財布にしまう。

「新しくできるポイントカードはお作りになりますか？」

そう言って、れいなはA4サイズの説明用紙を指で示した。スタンプカードの終了に合わせて、百円で一ポイント溜まる、勝ドキ専用のポイントカードが始まるのだった。「はじめの方は二倍キャンペーンもやってますし、使いやすくはなると思いますよ」

これにはわたしは即座に「いらない」と返答した。割引率で言っても、スタンプカードは最大一・六七パーセントになるのだから、そちらの方がお得だが、そういった話ではなく、ブタのスタンプがないポイントカードなど、わたしにとってはなんの意味もないからだ。

そのまま店を出て、駅に向かった。夕方の東八王子駅は空いている。ホームのベンチに座り、電車を一本やり過ごした。財布を出し、スタンプカードをとりだす。数える。数えなくてもすぐにわかるのだが、数える。二十七個。あと三個だった。押されるはずだった三匹のブタのまっすぐを、わたしは眼前に思い描き、そして、それだけだった。このまま、三つの空白を残して、自分が税込千三百六十円の「勝ドキスペシャル」を食べ続ける姿を想像すると、心がしぼんでいくのを感じた。

そのしぼみ具合にはなじみがあった。子どものころ、新装したスーパーかなにかのイベントで、風船が配られていた。無料でもらえるそれのために、列は長蛇になっていて、不慣れな店員が、困った顔をしながら、これから並ぶ人たちに、「もしかしたらもらえないかもしれません」と言って回っていた。物欲しそうにしていたわたしを見たのだろう、母が、「並ぶ？」と声をかけてくれたが、いい、とわたしは首を横に振った。どうせもらえないから。でも、わたしは、そのとき最後尾にいた、黒いジャンパーの男の子を覚えていて、母との買い物に付き合いながら、ときどき抜け出して、その列の進み具合を見に行った。黒いジャンパーの男の子は、わたしが見に行くたびに、真面目そうに口を結んで待っていた。でも結局、男の子はもらえなかった。ちょうど彼の前の子で、風船は終わりとなった。男の子は最後まで口をぎゅっとしていて、わたしはそれを横目で見ながら得意げに、ほら、と母に言った。やっぱり、もらえなかったでしょ。母は、わたしの頭に手を載せ、「お前は」と呟いた。「すぐ諦めるのに、諦めの悪い子だね」。

すぐ諦めるのに、諦めの悪い子だね。

言葉には形があって、当時の何気ない母の呟きは、自分の心のどこかにある凹みの、その輪郭にそっくりであることに、ときどきわたしは気がついた。なにかを捨てなければならないとき。なにかがいないことを思い知らされるとき。

二つ目の電車をやり過ごしたあと、わたしは心を決めた。押されないなら、自分で押せばいい。自分で、ブタのスタンプを押す。そうする。それなら、あの店に、れいなの働く店に、きっと足が向けられる。少しだけ心が軽くなったわたしは、よし、と小さく頷いて、立ち上がった。

拝啓

残暑厳しい折、ますますご健勝のこととお喜び申し上げます。

先日は丁寧な返信をありがとうございました。御社の誠実な対応に、ますます尊敬の念が湧いてまいりました。外食産業が厳しい冬の時代を迎えるいまだからこそ、変革が必要なこと、重々承知しております。

重々承知してはいるのですが、やはりスタンプカードは継続していただけないか、と老婆心ながら思います。わたしは若いとはいえない年齢で、新しいポイントカードなど、うまく使えるかどうか心許ないことでございます。このような顧客もいることを知ったうえで、どうぞ今一度ご再考のほど、よろしくお願い申し上げます。

敬具

わたしは水道料金の検針員をしている。水道のメーターを見て、数字を端末に入力し、出てきたレシートを郵便受けに放り込む、そういう仕事をしている。簡単そうな仕事に思えるかもしれないし、実際わたしも始めるときは簡単だと思ったけれど、存外大変な業務だった。そもそも歩き詰めになるし、わたしは方向音痴ぎみだから、会社が指定してきた地域の建物を覚えるのも苦労したし、検針の時期も決まっているから、台風だろうが大雪だろうが行かなければならない。基本的に家の敷地内に入らなければならないから、それで文句を言う人もいる。人と話さなくてよいかと思ったけれど、コミュニケーションをとらなくてはならないときがあるし、そしてそういう場合は面倒な場合であることが多かった。でも、短い期間に集中的に自分のペースで働けるのは悪くなかった。

今は三エリアを担当していて、ときどき他地域のヘルプに入る。その中のひとつに、東八王子駅周辺はあった。「勝ドキ」に行くようになったのも、この仕事を始めてからだ。夫は「無理に働かなくてもいいんだよ」と言ってくれたが、娘が死んでから、一日中家にいるのは気づまりだったし、なにかをしていた方が気がまぎれた。いまは一日に二百件ぐらいこなせるようになってきたから、月に何回か、自分のお金で外食をするのは訳ないのだが、料理は夫が担当しているので、それを遠慮するようなことを伝えるのは難しい。それがなければ、もう少しれいなの店にも通うことができるのに、というまったくの逆恨みのような感情ももってしまう。

残り三つのスタンプのうちひとつは、浅井さんのことにした。浅井さんはいい歳のおじいちゃんで、古い一軒家に、年代物のカローラがある。メーターはその駐車場のコンクリの地面部分にあり、たいていカローラがその上に停まっていて、蓋を開けることができない。インターホンを押して「どかしてください」と頼めばいいのだろうけど、以前、この浅井のおじいちゃんが真っ赤な顔で隣人と口論しているところを見たので、なかなか勇気が出せずにいた。幸い、浅井さんはちょくちょく車で出かけるので、時間を変えれば開けられることが多く、今まではそのように対応していた。

でも、今日のわたしはそうしなかった。浅井さんのカローラは相変わらず停まっていたが、わたしはインターホンを鳴らした。一回。三十秒待ち、もう一度鳴らす。今度は一分。もう一度押そうとしたとき、「はいはいー」という声がして、玄関のドアががちゃりと開いた。肌着姿の老人が、いぶかしげにわたしを見つめる。

「あの」わたしは拳をぎゅっとつくり、口を開いた。「水道の検針でまいりました。車をどかしていただいても、よろしいでしょうか」

「あん?」

玄関の三和土にいた浅井さんは、つかつか、わたしの立つ門扉のところまで来た。「なんで?」

「あの」

わたしは、自分の検針員のネームプレートを見せながら、「水道の検針で」と繰り返す。

「だから、なんでどかさなあかんの」

あの真っ赤な顔を思い出し、わたしはきゅっと自分の喉がしまる感覚がしたが、「お車の下に」となんとか声を出した。「お車の下に、水道のメーターが、あるんです」

「ああ」

納得したような声を出して、浅井さんはまた玄関のドアを開けて家へと戻った。それから、車のキーを手に戻ってくると、「早く言ってよ」と、カローラへと乗り込んだ。それから窓を開けて、「あ、オレ酒飲んじゃってるけど、いいんかな」

「敷地内なら、いいんじゃ、ないですか?」

「ちょっと出ちゃうけど」

ま、いっかと言いながら、道路に半分ほど車体を出し、これでいい? と訊ねる。ありがとうございます、とわたしは頭を下げ、鉤をつかって蓋を開けると、メーターをチェックする。浅井さんは後ろから覗きこみ、「へえ、こんなとこにあったんだ。知らんかったよ」と言った。

「いつもはどうしてたの」

「いらっしゃらないときに来ていたので」

「そっかー」

お腹をかきながら、呑気そうな声を浅井さんは出した。「そりゃ悪いことしたね」

「でも、次はだいじょぶだと思うよ」

検針票を渡すと、浅井さんは言った。「車売っちゃうから」

「売っちゃうんですか？」

「もう歳だしさ、息子が免許返納しろってうるさいの。タクシー代ぐらいやるからってさ」

それから、浅井さんはちょっと遠い目をした。「その息子がちっちゃいころから乗ってたやつなんだよねえ」

「あの」

わたしは口を挟んだ。「もしよかったら、乗せていただけませんか」

え、と浅井さんは虚を突かれたような声を出して、「オレ酒飲んじゃってるよ」と、同じ言葉を繰り返した。

「車庫に入れるまででいいですから」

まあ、と浅井さんは頷き、運転席に座る。わたしも、失礼します、と言って、助手席に乗りこむ。

「じゃ、出発するよ」

下がるだけだけど、と浅井さんは笑って、ギアを入れ替えてアクセルを踏んだ。すうっと動き、すうっと、振動少なく停車する。「着いたよ」と浅井さんは笑顔で振り向き、「上手ですね」とわたしは言う。「もう何十年と乗ってきたからな」と、得意げに浅井さんは言い、運転席を降りると、

「最後にいいドライブができた」

と、案外に軽やかな足どりで、わたしのドアも開けてくれた。

「今度また声かけてよ」

そう浅井さんは手を振ったが、もう車がないのならそうすることもあるまい、とわたしは思った。もちろん、それは告げない。わたしも頭を下げ、浅井さんの家に背を向ける。

その日、家に帰ってから、わたしは〈勝ドキスタンプカード〉をとりだした。スタンプカードの裏面のルールや注意事項が書いてある面に、わたしは紙を一枚貼りつけていた。そこにはボールペンでこう書いた。

・浅井さんに車をどけてもらうよう頼む
・ムサシに料理がおいしくないことを伝える
・「れいなちゃん」と呼ぶ

それは、「勝ドキ」の廃止されたスタンプカードのルールの代わりに、わたし自身が考え出した条件だった。今日はひとつ目の、「・浅井さんに車をどけてもらうよう頼む」をわたしは達成した。以前のわたしなら、話しかけることにも躊躇(ちゅうちょ)していたから、れいなと会話を続けたことがよかったのかもしれない、と思うことにした。あの子のおかげで、わたしは条件を達成できたのだ。

このスタンプの条件を考えるのが難しかった。あまりにも途方もないもの（体重を五キロ減らす、屋根裏部屋をすべて片付けるなど）は、スタンプを押そうとしている間にれいなは店を辞めてどこかに就職してしまうだろうし、比較的達成が簡単なもの（検針を三百件こなす、チヨコザップに申し込む）は、心の準備ができそうにもなかった。どれも、「不可能ではないがわたしにとってはひどく気苦労のある事柄」として、この三つを選んだ。そのうちのひとつを達成したので、わたしは机の引き出しからスタンプをとりだす。文房具屋で売っていた、ブタのスタンプ。「勝ドキ」と違い、口がない、真面目な顔のイラストだったが、大きさはほぼ一緒だったし、どうせ誰かが確認するわけでもない。赤のスタンプ台にぎゅっぎゅっとすると、まっすぐ、正しい位置にくるように、狙いを定めて押した。慎重に剝がしたカードには、二十八個目のスタンプが、きれいに輝いていて、わたしは満足した。

拝啓
秋涼のみぎり、貴社ますますご清祥のこととお慶び申し上げます。
先日お送りしました手紙は届いておりますでしょうか。もしご担当者の方に不快な思いをさせたようであれば、まことに申し訳ありません。わたしとしましても、お店全体を毀損するように思われてしまうのは本意ではございません。

すぐに決定というものは難しいかと存じます。時間がかかる場合は、お手数でなければ、経過だけでも結構ですので、ご連絡いただけませんでしょうか。どうぞよろしくお願いいたします。

敬具

夫の名前はムサシという。漢字で「武蔵」。初めて彼の両親に会いに行くときは、どんな人なのだろうとわくわくした。自分の子どもに「武蔵」という名前をつける勇気は、わたしにはない。会ってみたら、普通の、小津安二郎の映画のちょい役で出てくるような気のいい人たちで、少しがっかりしたことを覚えている。夫は剣豪のような雰囲気はなく、体は大きいがのんびりとしていて、どちらかというとカタカナが似合っているので、わたしは「ムサシ」と呼んでいる。カタカナで呼ぶときは、ちょっと違うのだ。タタタ、と、機関銃が鳴るみたいに、軽やかで、響いている。

ムサシが料理を始めたのは数年前からで、娘が死んで少し経ってからだった。最初から特別に下手なわけでも上手いわけでもなかった。大学時代はひとり暮らしをしていたというから、最低限のことはできたようで、特に口出しするような出来でもなく、初めてわたしに作ってくれた豚丼と豆腐とわかめの味噌汁には、「おいしいね」という一般的な感想を言った。

時間が経つと、生来の凝り性が顔を出してきたのか、徐々に腕を上げてきた。牛乳の銘柄を変え、野菜は有機野菜農家の通販で買うようになった。朝はパンを焼き、週末はケーキを焼き、強力粉とイーストが台所に常駐するようになった。ラックを買い足し、スパイスの種類が覚えられないほどになった。見たことがない調理器具が台所を占領し、皿はカラフルになり、あまつさえインスタグラムも開設して、日々の料理の写真を撮るようになった。要するに、夫は料理に目覚めたのだ。

はじめはフルコースでもつくるのかというぐらいの勢いで品数を出し（夫婦ふたりのテーブルが埋まり、サイドテーブルまで使うのだ）、さすがにそれには、「ちょっと多すぎるのではないか」と苦言を呈した。ムサシは特に嫌な顔をするわけでもなく、「確かにそうだね」と頷き、次からは普通の一汁三菜か、二菜程度の品目を食事に出すようになった。わたしはシンクに皿が溜まるのが嫌いで、作ってもらっている手前、自分で洗うようにしていたが、いつのまにか食洗機を導入し、こちらもムサシが食器棚にしまうまでを行うようになったので、自然とわたしは台所に入ることがなくなり、一体いま、どんな食材が冷蔵庫に入っていて、わたしはどの調理器具を使うことが可能なのかということもわからなくなった。そうして、台所はムサシの領域になり、ますますわたしは台所という場所から遠く離れたところで暮らすようになった。

ムサシの料理はおいしい。わたしはなるべく彼にそのことを伝えるようにしている。洋風和風中華、なんでも作り、多国籍料理みたいなよくわからないものにも、ネットで調べたりして挑戦している。そこそこの味、というときもあるが、それでも及第点を常にとれるような料理を作り続けているのは、もともと才能があったからなのかもしれない。

　でも、

と、わたしは、ある日、丁寧に裏ごししてつくられたかぼちゃのポタージュをスプーンですくいあげながら思った。でも、この料理は、どこかが、違う。なにも欠けることはない、かといって華美に偏ることなく、日々の生活の膳として提供されている。そのバランスは見事だ。最近は栄養も気にしてくれていて、塩分控えめ醤油(しょうゆ)やカロリーコントロールの砂糖も使っている。でも、わたしが、本当に食べたいのは、これじゃない。かぼちゃのポタージュはおいしい。喉に少しも引っかかることなく流れて、わたしの血となり肉となり、久しく出さなくなった涙になり叫び声になる、のかもしれない。夜、ふと目が覚めると、夫の寝息を聞きながら、わたしは自分のなかに、今日食べたものが駆け巡っているのを感じる。時間を超えて、なんなら体の外に出て、わたしを、わたしたちをつくり、この家を落ち着いた、とても住みやすい場所にしてくれている。でも、違うのだ。「おいしい」とわたしは口にし、嘘(うそ)をついたと思い、だけどそれは嘘じゃなくて、形を変えたなにかであって、でも、「おいしい」という言葉は、嘘だったんだと、わたしは気がついた。

　そのかぼちゃのポタージュを食べた次の日、わたしは初めて「勝ドキ」を訪れた。思ったより検針に時間がかかってしまい、ムサシも仕事で遅くなって「今日は外食にする」という連絡が来ていた。「ごめんね」を表すであろう絵文字つきのそのメッセージを見て、わたしは駅前にあったその店に、特になんの考えもなく入った。強いて言えば、揚げ物のにおいが漂っていて、それに惹かれたのかもしれない。

　その頃の店にはまだ「牛尾れいな」はおらず、元気よく「いらっしゃいませ！」と言う細身の男性スタッフが出迎えてくれた。わたしは「ひとりです」と短く告げ、案内されたカウンター席に座った。メニュー表を見る。「カツ３００ｇ！」「キャベツ食べ放題‼」などという惹句がおどるそれは、それだけでお腹がいっぱいになってしまうような代物だったが、わたしは、自分の口内によだれがたまるのを感じた。よだれ。あ、そういや、ムサシの料理で、よだれ、出たことない、とわたしは思った。ごくっ、と飲み込む。わたしは、先程の男性スタッフを呼び、「勝ドキスペシャル」を注文した。トンカツ、エビフライ、ささみフライ、メンチカツが丼の上に載っている、という欲張りな商品で、実際、「欲張りなあなたに！」とメニューに書かれていた。十分ほどして運ばれてきたそれを見て、失敗したな、とわたしは思ったが、でも、よだれは口内にたまり続けた。紙ナプキンで口元をぬぐい、わたしは食べ始めた。まずはトンカツ。衣が厚く、肉はそこまで大きくない。ギトギトしていて、ムサシがつくる方が断然おいしい。でも、その破滅的な油に、わたしは心の底から打ちのめされた。それから、エビフライ、ささみフライ、メンチカツ、の順番で、休むことなく食べ続けた。ご飯を合間にはさみ、付け合せのキャベツを口に運び、きちんと順番を守り、時間をかけながら、わたしはその山を崩していった。途中、何度も諦めかけた。喉の奥まで衣がせり上がり、胃が痛くなり、水を何度もお代わりした。見方によっては拷問のようだった。味については感想すら持てず、震える手で、固形物を口に運び、咀嚼(そしゃく)し、飲み下した。大岩を押し上げるシジフォスのように、無限に思われたそれは、でも、きれいに、米粒一つ残さずなくなった。たぶん、明日は胃もたれがするだろうとわたしは予感し、しかし、この満足感に、満足をした。よだれはまだ、止まらなかった。

その夜、「今日なに食べたの?」と訊ねたムサシに、「まあ、適当に、ファミレス、みたいな」と、わたしは嘘をついた。どうしてかわからないが、わたしはムサシに、あのカツを食べたことを、教えたくなかった。

だから、それはささやかなわたしの秘め事となった。ムサシが夕飯をつくらないのは月に一回か二回、あるかないかだから、なかなか「勝ドキ」に行ける機会はなかった。一度、昼食として訪れ、「勝ドキスペシャル」を食べたが、その日の夕飯が入らなくなって言い訳に苦労し、それ以来、昼に食べることはやめていた。スタンプカードだって、そんなものをもしムサシに見られたらなにを言われるかわかったものではないから、「スタンプカードおつくりしますか?」という店員の問いかけにいつも「結構です」と断り続け、いつしか訊(き)かれることもなくなったのだ。

そういうわけだから、まだ新人だったころのれいなに、「スタンプカードおつくりしますか？」と訊ねられたとき、わたしははじめは「いや」と拒否した。しかし、れいなは、「つくったらいいと思いますよ」と続けた。「だってこの先、会計するたびに、『あああのときつくっておけば百円得したのに』とか後悔するの、ヤじゃないですか」

れいなはそのとき、はっとした顔をして、「すみません」と謝った。「あたし、こうやって、つい先走っちゃうんです」

ふっと、わたしは自分の口から息が漏れ、れいなもくしゃっと笑った。じゃあ、とわたしが言うと、その先を聞く前に、もう彼女はスタンプカードをとりだしていて、わたしは今度は声を立てて笑った。それから、彼女のまっすぐなブタのスタンプを見て、確かに、後悔はしたくないな、と思ったのだ。

だから、れいなに会えたのは、夫の料理のおかげである、と言い換えることもできる。ムサシがあの完璧な料理を作ってくれなければ、わたしはあの暴力のような揚げ物の店に入ることはなかった。そのため、スタンプカードの条件の二つ目、「・ムサシに料理がおいしくないことを伝える」はわたしにはハードルが高かった。おいしくないわけではなく一般的にはおいしいのだが、でも、わたしが求めているおいしさはそれではない、ということをどのように上手に伝えればよいか、わたしは考えあぐねていた。

「残してみたらどうですか？」

れいなにそれを訊いたのはたまたまだった。いや、計画的な偶然だった。れいなの終業時間は把握していたし、この東八王子駅を利用することも知っていた。でも、その日まっすぐ家に帰るかどうかはわからなかったし、ホームの五号車付近のベンチまでやってくるかも確実ではなかったし、そしてわたしに気づくかどうかも賭けだった。でも、きっとれいなには会えるんじゃないか、という思いは強かったし、実際れいなはわたしに気づき、「こんばんはー」と声をかけてくれた。「お仕事ですか？」という質問には曖昧にうなずき、れいなは「馬野さんかっこいいですね」と笑顔で答えた。

電車が来るまで五分ほどあった。わたしは、夫の、ということは伝えず、「料理の正直な感想を伝えたいんだけど、難しくって」という話をしてみた。

「あー、わかります」とれいなはおおげさに頷いた。「あたしも実家の母親、自分が帰るといっつもメンチカツ出すんですよ。子供だったころ、おいしいおいしいって食べてたからって。たしかにおいしいんですけど、ほら、あたし今、揚げ物屋で働いてるから、まかないとかそういう脂っこいものばっかだから、正直食べ飽きたっていうか……」

あ、こんなこと言っちゃダメですよね、とれいなは口元に手を当てて、恥ずかしそうに目を細めた。だから残してみたんですよ、とれいなは続けたのだった。残してみたらどうですか、そしたら母親も察して、それからは作らなくなりましたよ。

電車がやってきて、わたしたちは乗り、れいなは一駅先ですぐに降りたから、そのあと、その話は先に進まなかった。れいなの大学生活がかいつまんで披露され、わたしは比較経営論A

の教授の話がつまらない、ということだけ覚えて、彼女と別れた。

家に戻ると、すでにムサシは料理を用意していた。ミネストローネと豆腐バーグ。付け合わせのにんじんのグラッセはきちんとフットボール型に整えられている。豆腐は朝から水切りしていたのだろう、ひき肉としっかり絡み合い、食感もよかった。ミネストローネの酸味も強くなく、まろやかな仕上がりだ。

でも、わたしは、ミネストローネを残した。ムサシは、椀(わん)に残ったそれを見て、黙って片付けた。わたしに聞くことなく、流しにそのまま捨てた。

「ごめんな」しばらく台所に立っていたムサシが言った。小さな声だった。「思い出させちゃったよな。酸っぱいの、嫌いだったからさ、お母さん、砂糖入れるといいんだよって、お前に教えてたもんな。オレ、それ覚えてたんだけどさ。そんなことより覚えていたいこと、いっぱいあるのにさ」

そこで話は終点だった。いつも、わたしたちには、その先がなかった。そこでバスは停まり、動くことも、扉が開くこともない。彼は皿を洗い始める。手で。こびりついた汚れを、なんとか落とそうとするように、スポンジは何往復も、水は止まらない。

次の日の朝ご飯は、スーパーで買ってきた食パンに目玉焼きとウインナー、というシンプルなものだった。わたしは醤油を、夫は塩を目玉焼きにかけた。お互い黙ったまま食事をし、それから、どちらからともなく、向かい合っていたわたしたちは、それぞれ、窓際にある空っぽの椅子を見た。そこはもう何年も前から空っぽで、その空位に慣れることはなかった。わたしはその空っぽにれいなのことを考えられるが、夫はなにで埋めているのだろうと、訊けばよいだろうに、わたしはずうっと、訊けなかった。代わりに、その夜、わたしはあのスタンプカードに、ブタのスタンプをひとつ、押した。

前略

先日からのお手紙、返事をちょうだいできませんこと、悲しく思っております。もしかすると、質の悪いクレーマーか何かとお考えなのでしょうか。わたしは断じて違います。わたしはただ、たとえ少数でも、いろいろな考えをもつ客への配慮をすべきではないか、ということをお伝えしているだけです。それだけなんです。

何卒、再考のほど、よろしくお願いいたします。

草々

その日、「勝ドキスペシャル」を「お待たせしましたー」とれいなは運んできて、ありがとう、とわたしが呟いても、しばらくその場を動かなかった。割箸を割ったわたしは、その気配に気づき、顔を上げた。

「あの、馬野さん」

彼女はお盆を抱えたまま、言った。「このあと、お時間ありますか」

「時間？」

思ってもみなかった台詞(せりふ)に、わたしはバカみたいな返答をし、それから、夫が帰る時間と、家までの距離と、その言い訳を頭の中でいくつか組み立てていた。

「ちょっと、ご相談したいことが、あって」

いいけど、とわたしはうつむきがちに答え、よかったぁ、とれいなはぱあっと笑顔になったので、わたしの答え方は間違っていなかったんだろうと、わたしはほっとした。でも、その日、初めてわたしは、「勝ドキスペシャル」を半分以上残した。

駅前のドトールで、わたしたちは待ち合わせをした。今日は早番だったからすぐシフト終わるんで、という彼女の言葉通り、わたしがコーヒー一杯飲み終わらないうちに、れいなはやって来た。

「ちょっと、同席してほしい、とこ、が、あって」

同席、とわたしは頭の中で漢字変換しながら繰り返した。

「彼氏が、いるんですけど」

はあ、とわたしは頷き、少なからず衝撃を受けた。大学生だし、かわいい子だし、いるのは当然だと思うけど、予告もなしに、前振りもなしに言われると、心臓がびくりと震える。

「別れるつもりで、でも、ちょっと、こじれてて」れいなは続けた。「で、その、席に、一緒にいてほしいんです」

「わたしが」

「馬野さんが」

「どうして」

「安心、するっていうか」れいなはわたしの目を見た。「馬野さん、やさしそうじゃないですか。それに、堂々としてるし」

堂々、という言葉に引っかかっていると、「食べ方が、あたし好きなんです」とれいなは言った。「いつもおいしそうで、立ち向かうみたいで」

褒められたのかどうか判断できず、あいまいな表情を浮かべると、れいなは「すみません」と頭を下げた。「失礼ですよね、こんなお願い」

「いや」

と、わたしは首を振り、いまの「いや」は、「失礼ですよね」にかかっているのか、それとも、「こんなお願い」にかかっているのか、自分でもよくわからなくなったが、れいなは「ありがとうございます！」と勢いよくニワトリのように頭を下げたので、後にひけなくなった。

日時を聞き、ダメなら断ろうと思ったが、あいにく仕事のない日で、嘘をつくのも気が引け、わたしは手帳にメモをとり、ドトールの入口で「本当にありがとうございます！」と、きらきらした笑顔でお礼を言うれいなと、「ちょっと寄るとこあるので」と、トコトコ駅と反対の方へ消えていく彼女の後姿を見て、「れいなちゃん」と呼ぶタイミングはここだったんじゃないかな、とぼんやり思う。

　指定された日は肌寒く、わたしは薄手のコートを一着おろした。東八王子からは三駅ほど離れた場所で、ドトールではなくスタバだった。「この時間はだいたいいつも空いてるから」と指定されたソファ席に座ってると、男の子がひとりやってきた。怪訝（けげん）そうな顔をし、わたしの顔と、ソファの色を見比べながら、「ここ、いいですか」と訊き、返事を待たずに座る。背は高いが、全体的に線がほそくて、いしいひさいちのマンガに出てきそうな雰囲気だった。強面（こわもて）の男だったらどうしようと思っていたわたしは、その点ではほっとした。

「え、と」

　男は戸惑った顔のまま、わたしを見ていた。「なっちゃんの、お知り合い？」

　なっちゃん、という言葉に、ああ、れいなの、ね、とわたしは思い、その馴（な）れ馴（な）れしい呼び方に、向こうに非があるわけでもないのに、ますます表情を硬くした。

「なっちゃんの」わたしはその呼称をわざと使う。「叔母さんになります」

「おばさん」

「漢字の、上に小さい又って書く方」

「はあ」

お母さんにするにはお若いように見えるから、叔母さん、ってことで、とれいなとはあらかじめとり決めていた。

「え、と、タツミ、と言います」苗字か名前かわからない名を「タツミ」くんは口にした。「その、今日は、どうして」タツミくんは、彼なりに丁寧な応対をしようと、言葉を選んでいるようだった。

「あの子に頼まれて」

わたしは短く言い、コーヒーに口をつけた。店内は空いていたが、店の隅にあるその場所は、他の人に話は聞こえなそうだった。

「なにを頼まれたんですか」

タツミくんは食い下がった。わたしは時計を見た。約束の時間を過ぎているが、れいなはまだやって来ない。どこまで話したものかと思案していると、「俺が、なんか、ごねるとか、そう思ってるんですか」と、タツミくんが続けた。

「心配はしてたみたいですけど」

わたしがそう答えると、おおげさに彼は顔をしかめて見せた。「俺はいま不快ですよ」を表情に出すことが許されると思っている最後の年齢だ。わたしはそれにはとりあわず、「わたしは同席を頼まれてるだけなので」と短く返した。

「誤解なんですよ」タツミくんは言った。「今日も、話をしようと思って来ただけです。あいつがイヤだと思うことなんかする気もないです」

「それはあなたが決めることではないのでは」

そう言うと、タツミくんはおどおどと視線をさまよわせた。きっとれいなと同い年なのではないだろうか、その仕草はまだ幼さの残るもので、わたしは少し頬がゆるんだ。タツミくんがなにかを言おうと口を開いたところで、彼のスマホが鳴り、そのあと、わたしがテーブルに置いたスマホも震えた。ほぼ同時に手にとり、顔を見合わせ、無言でわたしたちはスマホの画面を見た。それはれいなからで、約束の時間に遅れる謝罪の旨が書いてあった。

「もういいです」

タツミくんはスマホをしまうと立ち上がった。「なっちゃんの気持ちはわかったんで」

「話さなくていいの？」

思わずわたしが呼び止めると、タツミくんは上手に肩をすくめた。背の高い彼にはよく似合った動作だった。

「おばさんも、気をつけた方がいいよ」彼はそう続け、その先があると思ったわたしは身構えたが、しかし、タツミくんはそのまま背を向けて行ってしまった。

しばらくしてから、れいながやって来た。わたしひとりで座っている様子を見ても、特に驚いた顔をせず、立ったまま、「ありがとうございます」と言った。タツミくんから連絡がすでにいっていたのかもしれない。

「やっぱり、馬野さんに頼んでよかった」

れいなは、自然にわたしの隣に座った。広いソファは余裕があったが、彼女の肩が触れる。

「すごい信頼できるもん」あらかじめ注文を済ませていたのか、なんとかフラペチーノのお客さまあ、と店員が呼び、彼女はそれを笑顔で受けとりに行く。

「飲んでみます?」

じっとそれを見ていたわたしを見て、れいなは差し出した。躊躇したわたしは、ひとつ間を置いたが、けっきょく手にとり、ストローで吸った。甘い。

家に帰ると、夫が台所にいた。そこは荒れていた。砂糖がまき散らかされ、じゃがいもの皮が流しに散乱し、フライパンはなにかを炒めかけたまま放置され、鍋は噴きこぼれてコンロがびしょびしょになっていた。そこに夫はぼんやり立っていた。

「ムサシ」

わたしが呼びかけると、彼はゆっくり振り向いた。瞳は淀んでいたが、存外にしっかりとした表情だった。わたしは彼の手をとったが、彼はやさしくそれを解いた。どうしてもうまくいかなくて、と呟くように彼は言った。

「すまないが、今日は店屋物でもとろう」

わたしは頷いた。夫はのろのろと、作りかけの料理をゴミ箱に捨て始めた。バターで炒められていたニンジンが、タマネギが、ばらばらと、袋に入っていく。コンロに散らばったご飯粒も、ティッシュで一粒残らずとり、捨てられた。その、ゴミ箱の底に当たる軽い音がわたしの耳に届くたびに、「お前のせいだ」「お前のせいだ」と言われている気持ちになり、わたしは台所を出て、トイレに行った。下着も脱がず、便器に腰かけ、あの子が死んで、辛（つら）かったのはわたしだけではなかった、という当然のことを思った。あの子の好きだったものを思い出そうとし、それがいくつかの夫の料理で上書きされていて、それから食卓にれいなが座っている光景が浮かび、なんでお前がここにいる、と叫び出しそうになり、あの子を汚されたようで、でも、その光景は愛おしくて、わたしは、目を閉じた。

　それから、ムサシが料理をつくることはなくなった。


　れいなのＬＩＮＥをブロックしたとき、年は明け、春が近くなっていた。

　初めは電話だった。毎日、昼夜構わず、彼女から電話がきた。他愛もない世間話もあれば、就職活動に関する悩みもあった。仕事で出られないときは、時間をおいてまたかかってきた。さすがに頻度が高く、「ちょっと出るのが大変なときがあるから」と、ある日告げると、沈んだ様子でごめんなさいを繰り返し、それから電話がかかってくることはなくなった。

　でも、ＬＩＮＥのメッセージは止まることがなかった。ひとつのメッセージがどんどん長くなっていった。既読をつけないと、「どうしたんですか？」とまたメッセージがやって来た。

「ちょっと手が離せなくて」などと返すと、絵文字付きの「ごめんなさい」が、心底申し訳なさそうな様子で届いた。「本当にあたし空気読めなくてダメですよね」「迷惑だったらいつでも言ってください」たいてい、そういうメッセージのあとは、そんな内容のものが続いた。そのたびにわたしは、そんなことはない、なにかわたしにできることがあればいつでも言ってくれ、などというLINEを返信し、「ありがとうございます」というニコニコマークが返ってくるまでが一連の流れになった。

「馬野さん、しっかり働いていてかっこいいから」

そんなことを、幾度となくれいなはメッセージで寄越した。検針員の仕事が「しっかり」働くことなのかどうか、わたしにはよくわからなかった。もちろん、インフラとして欠かせないし、自前の地図をつくったり手際を改善したり、工夫の余地はいくらでもあり、それを試せるやりがいのある仕事でもある。でも、仮に十年後を思い浮かべたとき、この仕事がまだ同じように存在しているとは思えなかった。水道だけでなく、電気やガスも、今やメーターはネットを経由して自動で集計されるようになりつつある。この仕事は、わたしが生きている間になくなってしまうか、極端に減ってしまうだろうし、そうなったあと、わたしの中にいったいなにが残るのかは、よくわからず、それを、○○商社は展望があって、あのマーケティング部の人のプロジェクトは夢があって、みたいな話をするれいなに、なにが語れるというのだろうか。「勝ドキ」に行くこともほとんどなくなった。わたしが料理をつくる必要ができたので、外食があまりできなくなったということもあったが、なんとなく、あの店に足を向ける気分になれなくなった。れいなに会いたくないからではない。れいなは店員という立場を弁えていて、店でのわたしには今まで通りの声しかかけない。わたしが気になるのは別の声だ。れいなだけ見ていて、聞こえなかった、他のアルバイトのれいなに関する話し声、噂話、態度。そういうものが、ひとつひとつ目につくようになり、見たくなくなり、そうして、わたしは足が遠のいたのだ。

最後は、電話だった。

れいなは就職活動がうまくいっていない、と、かなり落ちこんだ声で、久しぶりに電話をかけてきた。わたしはなんとか慰めようと、自分の若いころの話をした。今とはまったく違うものだっただろうが、それでも、会社の説明会に出て、知り合いにその職場の先輩を紹介してもらってなんとか近づきになろうとしたり、嫌なこともずいぶん言われたりした、というような話をした。

「それで、なんとか就職したんだけど、子どもができてすぐ辞めちゃったから、それはずいぶんひどく罵られた。この給料泥棒！　とか、ほんとに、そういう台詞あるんだ、みたいな」

わたしは笑いながら言った。けど、それは微かにまだ胸の奥でうごめくものがあった。傷痕ではなく、それは穴だった。はじめは凹みだったそれは、今や深くぽっかり空いた穴になっていた。わたしは、わたしに起こった暗く淀んだ出来事を、その穴の中に放り込んでいるのだ。

それは空間と時間を拒絶しているから、満杯になることはないし、時間と空間を拒絶しているから、あらゆるタイミングを無視して、わたしの眼前に現れる。姿を変えて。好物だったエビフライであったり、酸味のきいたスープであったり。

でも、わたしのおどけた口調にれいなは笑い、「やっぱり馬野さんに話してよかった」と言った。「馬野さん、あたしのお母さんみたい」

それから、どうやって電話を切ったのか、よく覚えていない。わたしは、「なっち」と表示されたLINEの名前を見て、なにを、と呟き、その先が続かなかった。なにを、なにを。わたしはスマホを投げた。壁にあたり、壁はへこみ、でもスマホは頑丈で、傷ひとつついていない。なにを、なにを、お前は、お前は。喉がからからに渇く。唇がひびわれているのを感じる。でも、わたしは呟き続ける。なにを、なにを。手前勝手な感情だった。独善的な思いだった。知っていた。わたしは知っていた。空っぽの椅子。誰も座らない、誰にも座らせない椅子。窓の後ろからは日が差し、リビングに薄い影をつくっている。これを望んだのはわたしだ。こうなることを予感し、予想し、でも、諦めることも止まることもできなかったのは、終点を見つけられなかったのは、わたしだ。

そして、わたしは、「なっち」をブロックした。電話番号も住所も教えてなかったのは幸運だった。検針の会社に連絡をし、担当地域を変えてもらった。理由は適当につけたが、わたしは真面目に仕事をしていたし、今よりも大変なところでもよいと伝えたので、すぐにそれは承認された。わたしは東八王子駅に行くことも、近寄ることもなくなった。

謹啓

　平素は格別のご高配を賜り厚く御礼申し上げます。

　このたびはスタンプカードの件でご迷惑をおかけし、誠に申し訳ございませんでした。馬野様のお手紙については当方窓口に届いておりましたが、部局内の手違いにより、長らくお返事をすることができませんでした。改めて深くお詫(わ)び申し上げます。

　さて、ご意見を頂戴しましたスタンプカードにつきましては、誠に申し訳ありませんが、現状元に戻すということは難しい状況でございます。新しく始まりましたポイントカードをご使用くださいますようお願い申し上げます。不明な点などあれば、店舗スタッフまでどうぞお気軽にご相談ください。

　今後は二度とこのようなミスの無いよう、細心の注意をはらう所存でございます。何卒ご容赦のほどお願い申し上げます。同封のチケットは、お会計時に使用できます五〇〇円分のクーポンでございます。期限はございませんので、ご都合のよいときにお使いください。

　本来であれば拝眉の上お詫び申し上げるべきところ、略儀ながら書中にてお詫び申し上げます。本当に申し訳ございませんでした。
どうか今後とも変わらぬご愛顧のほど何卒よろしくお願い申し上げます。

敬具

封筒の中には、手紙に書かれた「クーポン」が四枚入っていた。わたしはそれをとりだし、裏表をしげしげ眺めた。特徴的なものなどなにもない、「500円引き」と大きく書かれ、諸注意が小さな文字で載っている。わたしはハサミを持ってくると、それを、小さく小さく切り始めた。

その手紙が届いた日に、わたしは久しぶりにれいなと会った。半年ほど経っていた。わたしは検針で別の場所にいた。繁華街の、ビルが多く密集する場所で、ひとつひとつメーターを確認するのに骨が折れた。そこは昼間でも薄暗く、懐中電灯をもって行くときもある。黴臭(かびくさ)く、じめじめとしたその裏路地に、でも、なぜかわたしは安心できた。深い穴の底にいるようだったからかもしれない。

れいなは、コンビニの前のガードレールに腰かけていた。リクルートスーツ姿で、手にはお茶のペットボトルを持っている。長い髪は黒くなり、きっちりとバレッタでとめられていた。後れ毛がさわさわと風に揺れていて、わたしはメーターを手に、それをしばらく見つめた。もう会いたくないとは思ったが、申し訳なかった、という気持ちも湧いてきて、不思議だった。わたしは、歩き出す。

「れいなちゃん」

声は驚くほど自然に出た。その名前を言い終わったとき、わたしの頭の中で、ブタのスタンプがポン、と押された。想像の、ブタの顔が三十個並んだカードを、わたしは大切に大切に空想する。もちろんそれは、もうないのだけれど。もうないのだけれど、なくならないものが、この世にはあるのだ。

れいなはわたしの顔を怪訝そうに見た。ひゅっと、胸のあたりがさざ波立つ感覚になる。でも、彼女は、笑顔に変わる。「馬野さん」と、わたしの名前を口に出し、立ち上がる。「お久しぶりです」

「あのときは」

と、わたしが言いかけると、それを遮るように、「いいんですいいんです」と、彼女は手を振った。目を細め、幼い子供のような表情で。「あのころ、就活でけっこう悩んでて、それを馬野さんに全部押しつける感じになって、あたしの方こそ申し訳なかったなって、思ってるんです」

わたしは彼女から目をそらしたが、彼女はわたしの顔をじっと見ていた。

「おかげで内定決まって、いま、インターンで働いているんです。やりがいあって、楽しいですよ」

それにしても、と彼女は笑った。「れいなちゃん、なんて呼ばれるから、最初、ポカンとしちゃった」

「あ、ごめんね、馴れ馴れしかったよね」

わたしが慌てて言うと、「そうじゃなくて」と、彼女はゆるゆる首を振った。「あれ、あたしの本当の名前じゃないんです」

そう言ったあと、彼女の視線が、わたしの背中の向こうへ逸れた。わたしが軽く振り向くと、同じくスーツ姿の女性が、コンビニの袋を手にして歩いてきていた。

「ビジネスネーム?っていうんですかね、今だと。いろいろ変なお客がいるから、ネームプレートは本名を使わないで働いてたんですよ。久しぶりにそれで呼ばれたから、ちょっと驚いちゃった」

それから、じゃあまた、と口にして、せんぱーい、と、コンビニ袋をもつ女性の方へと彼女は駆け寄った。れいなは、その「せんぱい」の肩に手を置き、鳥のように絶え間なくしゃべっている。わたしは、彼女の後姿を見て、それから、そこから伸びた長い影が、自分の方へと続いているのを確認した。その影から逃れるように、わたしは家へと、戻った。戻り、その黒いなにかがまとわりつくように、「勝ドキ」の親会社から手紙が来ているのを発見し、そして、ハサミで切り刻み始めたのだ。

小さな山ができたところで、炊飯器が炊きあがりを知らせた。少し迷ったが、わたしは台所へ行き、こんもりと茶碗（ちゃわん）によそった。そして、「500円引き」だった紙の山を、その茶碗にぱらぱらとふりかけた。まぜる。まぜる。米と米の間に入って離れなくなるように、わたしはまぜ、そして、「いただきます」と口に入れた。

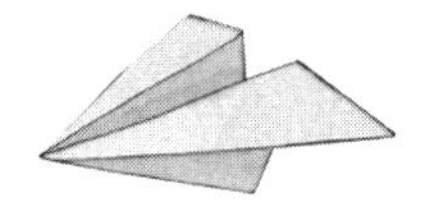

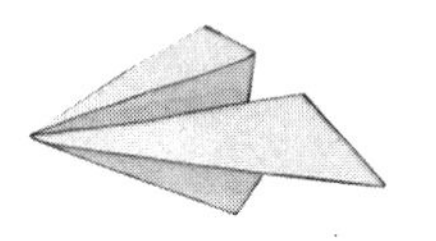

あたたかくも
やわらかくもないそれ

ゾンビは治る。マツモトキヨシに薬が売ってる。

それを教えてくれたのはくるみだ。小学三年生のとき。ゾンビ・パンデミックで、先生たちがぜんぜん来なくって、それなのに教室で勉強という名のプリント延々ループ作業でみんながおしゃべりをしているときに、休みだった隣の子の椅子に勝手に座って、勝手に机をくっつけて、こっそりと教えてくれた。ゾンビの薬、マツモトキヨシに売ってるんだって。

わたしたちが住んでいた町にマツモトキヨシはまだ進出していなかった。だから、くるみが言っている「マツモトキヨシ」はマツモトキヨシではない。マツモトキヨシに似た黄色と黒の看板で、「クスリノタチバナ」という名前の、商店街に最近できた薬局のことだった。そのころ、CMでマツキヨマツキヨと連呼されていたものだから、みんな「クスリノタチバナ」とは言わずに、「マツモト」とか「マツキヨ」と呼んでいた。マツキヨにあるんだって、ゾンビの薬。隣のおばさんが言ってた。

そのとき、自分がどう返事をしたのかよく覚えていない。もう遠い昔の話だし、わたしは早生まれで九歳に成り立てだったし、ついでに自分が物覚えの悪いほうだという認識は幼いころからあったので、そこらへんの細かい会話は茫々(ぼうぼう)としていて不明瞭だ。

だけど、確かなのは、学校の帰りにそのマツキヨに行こうとくるみと約束して、実際に行ったことだ。通学路からは外れていて、でも、わたしもくるみも、家に誰もいない子どもだったから、堂々と外れた道を右に曲がり、駅前の商店街のアーケードを進んでいった。先々週に降った雪が、根雪のように街路の脇にまだあって、くるみはときどきそれに蹴りを入れた。商店街ではグリコをして、くるみはグーだった手を勝手にパーに変えて、パイナップルを大股六歩でこれでもかととびこえていき、背中がずうっと遠くなったころに、「モモちゃーん！」と大きな声で叫んで、とてとてと追いかけていったわたしの手をぐっと引いて、「もう、おっそいんだから」と、手をつないで一緒に歩いた。くるみの手は湿っていたような気もするし、さらっさらに乾いていた気もする。

　ニセモノのマツキヨはもちろん開いていた。「マスクありません！」「消毒用アルコールありません！」「店員にきかないでください！」などという「！」がついた張り紙が入口の自動ドアにいくつも張られていて、なんだか入ることを拒否されているようで、わたしは少したじろいだ。ホントに入るの？　と訊ねると、あたりまえじゃん、とくるみは鼻を鳴らした。それから、「しずかに！」という文字と、人差し指で「しーっ」している男性のイラストが描かれた紙を指でぱちんと弾くと、思いっきりびりびりと剝がした。びっくりしているわたしの顔にそれを突きつけ、「文字がうるさいよね」と、にんまり笑い、それをくちゃくちゃっとまるめてぽーんと投げた。

中に入り、わたしとくるみは棚の端から端まで歩いた。風邪薬があり、胃薬があり、化粧品があり、お菓子があった。小学生には読めない漢字もたくさんあり、パッケージのイラストや置き場で内容をなんとなく推測していったが、たぶん、ゾンビに効きそうな薬は置いてなかった。

「ないね」

わたしが言うと、あたりまえじゃん、とくるみはまた言った。あたりまえじゃん、と彼女はよく言った。彼女にとって、この世界はあたりまえなのだ。「まだ誰も知らない薬だよ。こんなとこに堂々と置いてあるわけないじゃん」

じゃあなぜ棚を見たのかとよく考えると不思議だが、そのときは、確かにそうだなあと感心したことは覚えている。

それからくるみは、レジまで行って、「ゾンビの薬はないか」と、店員に訊ねた。おばさん店員は、「ごめんね、そういうのはないのよ」と、少しにこにこしながら答えたが、続けてくるみが、実は今、自分の母親はゾンビになって苦しんでいる、この医療体制の崩壊で病院にかかることもままならない、ここにゾンビに関する薬が売っているというウワサを聞いた、もちろん高価なものであろうし自分の小遣いはとても少ないが、何年かかっても返すから、自分に譲ってもらうことはできないだろうか。というようなことを、小学三年生らしい言葉で滔々(とうとう)と話した。おばさん店員がそれを信じたかどうかは定かではないが、くるみの真に迫るその話しぶりに心を動かされたのだろう、ちょっと待ってね、と奥に引っ込み、なにやら袋を持ってきた。

「これは秘密の薬」おばさんは言った。「ゾンビに効くかどうかはわからないけど、きっと、お母さんに『元気になって』と渡したら、喜ぶと思うよ」

くるみは少し失望したような表情をしていたが、「どうもありがとうございます」と丁寧に頭を下げて、その袋から取り出された包みを受けとった。掌に収まる小さな包みだった。「おじょうちゃんにも」と、わたしにもそれを手渡した。わたしはそれをぎゅっと握り、落とさないように、店を出るまでその手を開かなかった。

「ただのアメだよ」

商店街を逆に戻りながら、くるみは包みの表を眺めて言った。「ペパーミント味だって」それから、びりりと破って、口の中に放り込んだ。わたしはびっくりして、「お母さんにあげなくていいの？」と訊くと、「だってお母さん元気だもん。元気びんびん」と、こともなげに言ってみせた。

モモも食べなよ、とくるみは言ったが、わたしは首を振った。あのおばさんに悪い気がしたし、もしかしたら自分の母親が喜んでくれるかもしれない、という思いもあった。

夜中、わたしは起きていて、帰ってきた母親に「元気になってね」と、その「秘密の薬」を渡した。母親はきょとんとした顔をしていたが、「ありがとう」と短く言い、「もう寝なさい」

と、わたしの頭に手を置いた。

翌朝、ゴミ捨てのために生ゴミ入れをひっくり返していると、「秘密の薬」が出てきた。渡した時のままで封も切られずに。

「サイアクだね」

その日、帰り道にゴミ箱の「秘密の薬」の話をすると、くるみは言った。「死んじゃえばいいんだよね、そんな母親」

くるみはすぐ「死ね」とか「クソ」とか口に出す子どもだった。思ったことは口に出して、すぐに行動した。そもそも、家は近かったけど、それまであまり仲の良くなかったわたしに声をかけたのも、たぶん彼女のそういう性格からだったんだろう。わたしは三年生になって転校して来たのだけど、ぼんやりした様子も相まってか、よく上履きを隠されたり、テストのひどい点数に陰口を叩かれたり、服がいつもおんなじだと笑われたりしていた。ぼんやりのわたしは、まあしょうがないよなあぐらいに思っていたのだけど、あの自習の教室で、クスクス笑い声がわたしに向けられるなか、その子たちに聞こえるぐらいの音で、思い切りわたしの机にがたたんと机をくっつけたのがくるみだったのだ。わたしはびっくりして声を上げてしまって、クラス中の視線がわたしに注がれ、顔を赤くした。でもくるみは傲然と教室の中をぐるりと見渡し、他の子たちは、文字通り首をすくめて自分の机に向き直った。その目は、「死んじゃえばいい」と、黒くぎらぎら光っていた。

「もしさ、モモのお母さんが死んだら」くるみは言った。「二人で暮らそう」

「どこで？」

「どっちかの家で」

「くるみのお母さんは？」

「そのときは」くるみは笑った。「うちのお母さんも死んでるよ」

髪が揺れ、彼女の首元に痣が見えた。米印のような形をした青黒い痣だった。髪の長い彼女に、そんな痣があることを知らなかったので、思わずわたしはまじまじとそれを見た。それに気づいた彼女は、にやっと笑うと、髪をたくし上げ、「これがあたしのマーク」とはっきり見せてくれた。

「お母さんは隠せって言うんだけどさ、かっこいいじゃん。もしゾンビになって顔がどろどろに溶けたとしても、このマークであたしをみんな見つけられるよ」

「でもさ、そこも溶けちゃったら？」

わたしはそう言ってから、しまった、と思った。余計な一言だと気づいたし、そうして人を怒らせる経験を何度もしてきたからだった。友達とか、母親とか。

「いい質問だね」飴をかみ砕いたような、がりりという音がくるみからした。「モモちゃんは、どうしたらいいと思う？」

くるみは立ち止まり、わたしの目を覗きこんだ。澄んだ瞳で、それに、わたしの間抜けな顔が映っている。

「合言葉を決めるとか？」

「いいね」くるみは頷く。「でも、しゃべれないかも」

「ポーズを決めるとか？」

「ゾンビになっても覚えてられるかなあ」

「メンキョショみたいなのもつ」

「あたし子供だから」

もう、とわたしが頰を膨らませると、ごめんごめん、とくるみは言った。そして、わたしの首筋に、人差し指を載せ、つつつ、と動かした。くすぐったくて、身をよじらせても、彼女は続ける。米印みたいな星のマーク。

「あたしはモモを見つけるよ」くるみは指をわたしの首に押し当てたまま言った。「あたしはきっと見つけられるよ。だから、モモも大丈夫」

その「大丈夫」は、きっとわたしがそれまでの短い人生の中で聞いた、いちばん大丈夫らしい「大丈夫」だった。大丈夫、きっと大丈夫。

「大丈夫ですか？」

わたしは我に返る。新幹線。こだま。新大阪行き。

「お嫌いでした？」

通路を挟んで隣にいる女性はそう訊ねた。彼女が差し出したのはキャンディだった。包みに入っていて、ペパーミント、と小さく印字してあるそれを、わたしはまじまじと見つめた。ペパーミント。自分の母親がその味を嫌っているのを知ったのはずいぶん経ってからで、あのことがあってから、そういえばキャンディでもアイスでも、わざわざ自分からペパーミントの味を選ぶことはなくなっていた。

「いいえ」

わたしは受けとった。「お腹の足しになれば」と女性は笑ったが、わたしは彼女の胸元に目が釘付けになっていた。「くるみ」とわたしは呟く。意図的に。思わず。

「あら」

と女性は不思議そうな表情をし、それからわたしの視線を捉えて、自分の胸元に目をやった。「恥ずかしい、つけっぱなし」

「佐鳥（さとり）くるみ」と書かれた名札は、彼女のかしこまった顔写真に添えてゴシック体で表され、胸元に下がっていた。会社名は聞いたことがない。佐鳥くるみ。苗字が違う。だけど。彼女は名札を手にもち、「佐鳥くるみです」とわたしにかざした。わたしも自分の名前をぎこちなく名乗り、相手の反応をうかがうが、特に気になることはない。

「くるみなんて、変な名前ですよね」女性はそう言った。「子どものころ、この名前、あんまり好きじゃなかったんです」

「そんなこと」

そう言い、「わたしの『モモ』だって、よく笑われました」と答えた。

「果物の桃？」

「いえ、カタカナなんです」

カタカナ、と彼女は感心したのか驚いたのか、濃淡まじった返事をした。「でもかわいい」と付け足して。わたしは自分が無意識にキャンディの包みを破っていたことに気づいた。口に入れる。「佐鳥くるみ」はわたしを見ている。

「おいしい」

とりあえず、わたしはそう口にする。それはよかった、と彼女は笑った。彼女は髪をかきあげる。首筋が顕(あらわ)になる。真っ白で、少し皺(しわ)が増えている。米印も、痣も、なにもない。見覚えのある顔。真っ黒い瞳。でも、そんなはずはない。それは「くるみ」ではない。なぜなら彼女はもうずいぶん前に亡くなっていたし、殺したのはわたしだからだ。

*

ゾンビは治る。マツモトキヨシに薬が売ってる。

それは今ではその通りで、ロキソニンやイブと変わらない。インフルエンザと同じような扱いになったゾンビは、薬剤師のいるドラッグストアで薬を出してもらえれば、早期に快癒をする。

「昔の人って、バカだったんですか?」

斜に構えた生徒がそんな質問をしたことがある。わたしは中学校で養護教諭をしているのだが、おおよそ毎日、保健室には誰か生徒がいる。具合が悪くなったり怪我をしたりという子の方が少数で、教室に入れなかったり、保健室へなら登校できるというようなタイプの生徒が常駐している。だいたい、そういう子は男も女もわたしには饒舌で、いろんなことを話す。頭の悪い友人、怒鳴ってばかりいる無能な教師、誰も知らない社会の「真実」。よく体育の時間にお腹が痛くなる男の子と、たまたま「ゾンビ」の話をしていたとき、彼は嘲るように「バカだったんですか」と言った。「あんなのに大騒ぎしてたなんて」

「ゾンビ・パンデミック」の話は、社会科の歴史の教科書の「現代」の項目に、コラム的に書かれているのを読んだことがある。色褪せた写真が掲載されていて、町中の飲食店が封鎖され、救急隊員などが働いている様子が写っている。現在「ゾンビ」は、当時考えられていたほど感染力が強くないことがわかっており、マスクや手洗いなど適切な対策をすれば爆発的な感染拡大は防げた。

「見た目がね」

わたしは薄く笑いながら、そのときは言った。「髪の毛が抜けて、顔が青くなって、腐ったようなにおいがするから、そりゃ怖かったんだよ」

「未知を恐れるのは人間の本能ですからね」

したり顔で男子生徒は言った。わたしは苦笑する。どこかで借りてきた言葉、思想、口先だけの信念。それを指導者面して責めるほど、わたしの子供時代はまっすぐ純粋ではなかった。

「今の時代だったら、インターネットで情報はすぐに手に入るし、ＳＮＳで情報共有だってできるでしょう。たぶん、あんな騒ぎにはならなかったんじゃないかな」

男子生徒はプリントの問題を解きながら、そんな言葉を口にする。彼は体育以外の大部分の時間も、そうやって自主学習的に保健室で過ごしている。「テレビしかなかったら、ウイルスの情報だって得るのたいへんだろうし」

「別にわたしたちは江戸時代に生きてたわけじゃないんだけどね」

そう言ってから、これはわたしの言葉じゃない、と思い出す。これはくるみの言葉だ。「あたしたちは江戸時代に生きてるわけじゃない」と彼女は言って、「ゾンビ」をやたらと怖がる人をバカにした。

「マツモトキヨシ」に行った日から、わたしたちはよく一緒に帰るようになった。くるみはいろいろなことを知っていて、わたしが素直に驚いた声を上げると、「モモそんなことも知らないの」という顔で、鼻を鳴らした。「あんたはあたしがいないとダメだね」

くるみは着けているマスクをびよんと手で引っ張り言った。

「手を洗ったり、マスクをしたりすれば、ゾンビはそんな簡単にはうつんないんだから、へーきだよ。へーき」

「でも、うちの近くのハママツさんは、ゾンビになってウロウロしてたってウワサだよ」

ハママツさんは一人暮らしのおじいちゃんで、大家のおばさんの立ち話を盗み聞きしたところ、「ゾンビ」になったのだけど、お金がなくって病院に行けず、近所を徘徊していて、強制的に捕まったらしい。

「ゾンビになってもウロウロしないんだよ」くるみは「バッカじゃないの」という目でわたしを見た。「意識がモーローとするから、部屋の中をぐるぐるはするみたいだけど、ゲームとか映画みたいに、人を食べようと町中歩き回ったりするわけじゃないんだ」

そのじいさんボケてるだけでしょ、と吐き捨てるようにくるみは言った。くるみは言葉を唾みたいに吐き捨てるのが上手だ。ときどき、道路にこびりついているガムとか痰(たん)とかを眺めると、くるみの「死ね」とか「バカ」とかいう文字が見えるような気さえした。もちろん、そんなのは気のせいだ。でも、気がするっていうことは、とても大事なことだ。

「ゾンビゾンビってみんなが言うからよくないんだよね。ちゃんと正式名称があるのに」

ハママツさんの話をした日の別れ際、くるみはそう言った。「髪が抜けて顔色が悪くなってちょっと腐ったにおいがし出してるだけだから」

「それまんまゾンビじゃん」

「ついでに、血も青くなるっていうウワサだしね」

別の名前で呼べばいいんだよ、とくるみは口にし、「ハゲ病」「くさい病」などと悪口のようなことを言い始めた。わたしも調子に乗って、「ハゲハゲー」とか、「くっせー」とか鼻をつまんだ。

「モモが臭くなりだしたら教えるよ」

くるみはそう言ってバイバイしたが、結局、「ゾンビ」になったのはくるみだったし、臭くなったことに気づかなかったのは、わたしだった。

*

新幹線の車内は空調がじゅうぶんにきいていて、少し寒いぐらいだった。さっき、車内スタッフからもらった毛布を肩まで引き上げた。わたしは、通路を挟んだ隣の三列席にいる「佐鳥くるみ」をちらりと見た。熱心にスマホをいじっている。髪はおろしていて、肩までかかるそれが、小刻みに揺れる。その女性はくるみではないのだろうが、わたしは彼女のことを考えるとき、どうしても「くるみ」と呼びたくなったし、そう呼ぶことにした。心の中で。膿(うみ)が溜(た)まったようなその場所で。

「ほら、真っ赤」

くるみが見せた画面は、東海四県が真っ赤に染まっている。雨雲レーダーのアプリで、時間ごとに遷移を見せてくれる機能なのか、赤い雨雲がひっきりなしにやってくる様子がわかった。ときどき、車内に緊急速報の不気味な音が鳴り響き、そのたびに、画面上には避難区域が広がっていった。

「これは動かないかもしれませんね」

そうくるみは言って、背もたれに深々ともたれた。新大阪に行く予定だったこの列車は、大雨の影響で運転を見合わせており、午後九時ごろ運転再開予定だというアナウンスがあったが延びに延び、夜もだいぶ深まっていた。駅と駅の間で停車していた新幹線は、のろのろと進みだし、静岡駅付近に到着したが、ホームが見えているのに、なぜか扉が開かず、さっきスーツを着たおじさんが車掌に詰め寄っていた。安全確認がとれません、とか、他の車両もいるためです、などと車掌は答えていたが、文句を言う方も言われる方も、みな、一様に疲れた顔をしていた。車内販売の飲み物や食べ物は軒並み売り切れており、わたしは残り少なくなったサイダーをちびちびと飲んだ。外は暑かったので、乗車前に思わず炭酸飲料を買ってしまったのだが、水やお茶にしておけばと、今更ながら後悔していた。

口の中のキャンディはすっかり溶けて、小指の爪の先ほどになっている。わたしはそのかけらをいとおしく思いながら、がりりと奥歯で砕いた。ペパーミントの最後の残り香が、鼻を刺激して消える。隣の座席に置いた大きめのリュックに手を置く。まだある、大丈夫、と思う。

なでようとして、やめる。

「私も大したものなくて」

ほとんど空になったペットボトルを飲んでいるのを見たのだろう、くるみが申し訳なさそうに言った。くるみ。その三文字は、懐かしく、痛く、胸の中でしくしく響く。

「そんなことないですよ」

彼女の申し訳なさそうな言葉に、わたしは笑顔をみせた。「さっきのキャンディで、あと一時間ぐらいは残機が増えました」

「残機？」

あの、マリオとかで、死んでも生き返れる回数がほら、死んだときに表示されてて、みたいなやつ、とわたしがおたおたしながら言うと、ああ、と納得したのか、納得したふりをしたのか、くるみは頷いた。それならよかったですけど、と付け足して。残機、という言葉を教えてくれたのはくるみなのにな、とわたしは思う。小学生のころのあのくるみには、歳の離れた兄がいて、彼は当時出ていたすべてのゲーム機を持っていて、部活で家にいない、というときは、よくくるみの家に遊びに行って、二人でどんどこ遊んだものだ。スーパーマリオブラザーズ、ゼビウス、スーパードンキーコング。ＲＰＧよりもアクションやシューティングをわたしたちは好み、敵にやられたときは叫び声を上げ、避けるときはコントローラーを持ちながら立ち上がってジャンプした。

「死んでも生き返れるのがいいよね」と、あのころくるみは言っていた。いつも言っていたのか、一回しか言っていなかったのかは覚えていないが、その言葉はよく覚えている。

「お仕事ですか？」

わたしは、同じ列の窓際から通路側に席を移動した。平日でもあり、天候のせいもあるのか、普通車の車内にはほとんど人がいなかった。

「ええ」

くるみは頷いた。通路を挟んで反対の列にいる彼女も心持ち体をこちらに寄せた。「明日、大阪で会議があるので、前乗りしようと会社から早めに来たんですけど、裏目に出ちゃいました」

「雨、思ったよりも早く降り始めましたものね」

天気予報では、雨脚が強くなるのは夜遅くからということだったが、それよりもだいぶ早く大雨となり、運転見合わせの時間もそれに合わせて繰り上げられた。

「このまま発車しなかったら、宿とかとった方がいいんですかね」

「私、確かめてみますよ」

そうくるみは言って、スマホを持ち直すと、さっさと電話をかけた。こういうところは、あの「くるみ」と似ている気がする。決断力と行動力。わたしは、彼女が低く話す、真っ白い首の喉元を眺める。そうですか、と残念そうな声で電話を切り、彼女は首を振った。

「もう予約でいっぱいですって」

それから何軒か試してくれたし、わたしもいくつかかけてみたが、既に気の早い（もしくはわたしたちが遅すぎるのか）人達によって、駅周辺の宿も、少し離れたところにあるホテルも、すべて満室となっていることがわかった。

「残念」

くるみはう―んと背中を伸ばした。「今日は新幹線で一泊かな」

そこに、車内アナウンスで、このさき停電が発生しており、これ以上進めない旨が伝えられた。そのために、一度東京方面に戻ることになるという。

「東京まで戻ってくれたらなんとかなりそうですけど」

とくるみは言い、

「東京まで戻れるかどうかが問題ですね」

そうわたしは言う。

アナウンスからしばらくして、新幹線は出発し、のろのろと動き始めた。列車間隔の調整のため、というアナウンスが何度か流れ、停まり、進み、を繰り返した。戻るにしても、この調子ではひと晩かかるかもしれない。

「お仕事ですか？」

とくるみに訊ねられ、ええまあ、とわたしは言葉を濁した。くるみも、そうですか、大変でしたね、と短く返すだけに留めてくれた。それが嘘であることに、すぐに彼女は気づいたのだろう。しばらく彼女はスマホをいじり、わたしもスマホをいじるふりをしながら、くるみの横顔を盗み見た。薄い唇は横にぴったりと閉じられ、芯の強そうなそれは、あのころのくるみを思い出させた。でも、確かな思い出ではない。ゆらゆらとした、不定形の記憶だ。

　新幹線はのろのろ進みながら、小田原駅の手前で停まった。三十分ほどしても車両が動く気配がなく、さすがに不審に思い始めたころに、小田原駅と新横浜駅の間で架線の異常があり、点検をしているというアナウンスがあった。先行列車の状況を見ながら、本車両は小田原駅にしばらく停車します、ホームに降りられるようにし、臨時にキオスクを開けます、などといくつかの情報が続いた。

「キオスクって、トルコ語なんですよね」

　くるみがぼそりと言った。わたしは肩をぴくりと震わせた。

「あ、すみません、変な雑学みたいに」くるみは恥ずかしそうに笑った。「なんだったかな、誰かに子供のころ聞いたんだったかな。ギリシャとかロシアとかにあるって」

「トルコ語なのに？」

「あれ、そうですね」

　変ですね、とくるみは呟いたが、特に調べようとはせず、「そろそろ着くんでしょうか」と窓の向こうに目をやった。まだ雨は大量に降っている。わたしは彼女のつむじらへんを見た。

キオスク。それを教えてくれたのは、くるみじゃないか。そう思いながら。

＊

小学校の五年生になったとき、くるみはゾンビになった。

そのころは、まだマツモトキヨシで薬が手軽に買えるほどではなかったけれど、病院に行って相応の診断を受ければ治療ができるほどにはなっていたので、わたしはそこまで深刻に考えなかった。

「けっきょくあたしがなってんだから、世話ないよね」

くるみは塔の窓からそう言った。わたしを見下ろし、頰杖をついている。くるみの家には塔があった。本当は塔ではないのかもしれないが、円柱形で石造りの、三階建ての白塗りのそれは、おとぎ話に出てくるような塔にしか見えない。それではくるみの家が大きいのかというとそうではなく、母屋はこぢんまりとした狭小の二階建てで、庭は申し訳程度に季節の木々がやせほそって植えられていた。とはいえ、塔の存在感がありすぎて、他の細々したものは隠れてしまう。

わたしの住んでるアパートは、くるみの家から、シミズさんちを挟んだ向こうにあったが、シミズさんの家は旦那さんの浮気がバレて離婚し、ほどなくとり壊されたので、今は見通しよくお互いを確認することができる状態だった。いつもはわたしの部屋のベランダから、くるみの塔に向かって「おーい」と呼びかけ、彼女が上げ下げ窓をぐいと開けて、「モモー」と叫び返してくれた。それで、都合が合えば「あそぼーよ」と叫んでお互いの部屋に行ったり、公園でおしゃべりしたりした。でも、彼女がゾンビになってからは、わたしがシミズさんのまっさらになった土地に勝手に入り、そこにどうしてだか残った大きな石の上に腰かけ、下から「おーい」と呼び、「モモじゃーん」と、くるみは窓を開けて呼び返すようになった。「ゾンビ」は感染性の病気で、くるみは外には出られなかったからだ。

「まあでも、元気びんびんだから、心配しなくっていいよ」

階数としては三階なのだろうが、天井が低いためか、わたしのアパートと同じ二階ぐらいの高さから、くるみは見下ろしていた。母屋にも部屋がある、という話だったが、「親が嫌いだから」と、くるみはその塔で寝泊まりをしていた。「お姫様みたいでいいでしょ」というほど、彼女の環境は恵まれているようには感じられなかったが、どんな形であれ自分の部屋がある、というのは、わたしにとっては羨ましいことのひとつだった。

「外出て動けないから太っちゃったぐらい」

くるみは二の腕の肉をつまんでみせた。梅雨も明けて、日差しは強くなってきていたが、窓から覗く彼女の肌は陶器のように白かった。最初は高熱が出てすぐに下がったということだったが、念のために検査をしたら陽性だったのだという。「ゾンビ」は罹患（りかん）後すぐに高熱が出るが、そこから実際に発症をするまでの潜伏期間が長く、そのときのくるみは元気そうに見えた。ので、「薬飲ませてくれないんだよねー」という彼女の話も、どこかのんびり聞こえた。彼女の親の「主義」のおかげで、治療薬をもらえないのだという。

「おかげで、毎朝よくわかんないお茶飲まされてるよ」

そのため、くるみはたびたび、「まあまあ理解のある」「おばあちゃん」の家に行きたがった。大阪にあるというその家に住むおばあちゃんに頼んで医者にかかろうというのだ。その話はだんだん具体的になり、来週から始まる夏休みに行こうという話になった。たいへんだからいいよ、とくるみは一緒に来ることを断ったが、わたしがちょっと強情に、行きたい、を繰り返すと、最後は折れた。どうしてそこまで同行したがるのか、くるみは不思議そうな顔をしていた。

三階と地上からでは大声を出さねばならず、特に大阪行きの話は他の人に聞かれないように、くるみは自分の言いたいことをノートに書いて破り、それを紙飛行機にして投げて寄越すようになった。わたしはそれを読み、画用紙帳に大きく返事をマジックで書いた。いいよ/ちがう/すごい/楽しみ/✌。一枚書いては破り、一枚書いては破りを繰り返した。くるみが折る紙飛行機は羽が大きくて、風をうまくとらえてゆらゆらと旋回しながらわたしのもとへと降りてきた。ゆうらゆら。夏の日というと、青空に、ま白いその飛行機が光りながらわたしの胸へとおさまる映像が、いつも浮かぶ。それは頭に浮かぶものではなく、腹の奥の方でぷっかり顔を出すように、思い出される。

「キオスクはトルコ語なんだよ」

食べ物はどうしよう、駅にキオスクがあるよ、というやりとりをきっかけにして、くるみはそのときに語源を教えてくれたのだ。「なんか、外国には人がひとりだけ入れるような小さなお店が町にいっぱいあるんだって」

当時はインターネットも身近になかったので、わたしはどうしてだか、その店を、とんがり屋根の鉛筆のような細長いものとして想像した。その中に小人のような人が入りこみ、ひとつだけある窓から顔を覗かせて商品を売るのだ。そして、地面からその店がいくつもいくつも生え、道路を埋め尽くしている。

「へんなの」その想像を画用紙に描いてみせると、くるみは笑い声を上げた。二人だけの誰もいない空間に、それは思ったより響いた。彼女は髪をかきあげる。痣が見える。「でも、おもしろい。みんなひとつはキオスクを持っててさ、そこに帰っていくの」

わたしは帰って、母親にその話を披露した。もちろん、旅行の話ではなく、キオスクが外国の言葉だということをだ。

「違うよ」

母親は仕事の資料をめくりながら、顔を上げずに答えた。「キヨスクだよ。ヨ。オじゃない」

でも、と口にすると、母親の手がとまった。ふうっと、短い息を吐く。

「じゃあ、そうなんじゃない」彼女は続けた。「キオスクだね。ママが間違ってた。ごめんね、許して」

それから母親は台所に立ち、コップに水を汲み、ぐいっと一気に飲み干した。そして、コップを静かに、どうしたらそんなに静かにできるかわからないぐらい、なんの物音も立てずにシンクに置いた。わたしはそのあいだ、体を固めて、下を向いていた。その後も、くるみと計画を立てていく中で、「キオスク」という単語は何度も出てきた。紙飛行機の中に書かれるそのカタカナをじとっとわたしは見て、自分では、その名前を絶対に書かなかったし、どうしても口にする必要があるときは、「ヨ」とも「オ」とも、どっちつかずの発音で、唇を馬鹿みたいに開きながらしゃべった。

＊

わたしは、新幹線の座席に座り、バッグを手にする「佐鳥くるみ」を見た。彼女は「キオスク」と言ったように聞こえたが、もしかしたら「キヨスク」と言ったのかもしれない。大人になり、東日本では「キヨスク」から「キオスク」に呼び方が統一されたことも知っていた。でも、どっちでしたか、と訊くべきだったろうかと考えているうちに、新幹線のドアが開く、というアナウンスが流れた。

小田原駅では、わらわらと乗客が降りた。そもそもの数が少なかったとはいえ、それでも一度に降りたのでホームはすぐに混み合い始めた。雨は少し弱まっていたが、ホームの中まで降りこんでおり、足元がすぐに濡れてしまった。

「キオスク」も混み合っていた。臨時に開けたということで、そもそもの数が少なかったのか、わたしたちが見たときには商品はほとんど残っていなかった。

「買っといたげますよ」

もたもたとするわたしに声をかけ、くるみは棚の奥にごろんとあって隠れていたおにぎりを二つつかみ、ペットボトルのいちごオ・レと炭酸水をレジに持っていった。慣れない手付きで、駅の職員が会計をしている間、わたしは邪魔にならないように店から離れて待っていた。

おまたせーとくるみが戻ってきた。それから、「グリーン車見てきません?」と言った。「さっき聞いたんですけど、もしこのまま動かなければ、新幹線が簡易ホテルになるんですって。どの席座ってもいいみたいですし、そしたら、普通席よりだんぜんそっちのほうがいいですよね」

確かに、そろそろ日付が変わりそうだった。宿については、他の乗客が舌打ちしながら電話をしていたので、もう望みがないこともわかっていた。わたしたちはそのまま前方のグリーン車へと向かう。

「どっちがいいです?」

歩きながら、くるみはおにぎりを見せた。うめぼしと明太子。わたしは選びかけ、「くるみ、さんは？」と訊ねた。くるみはちょっと怪訝な顔をしたが、「うめぼしかな」と答えた。それから、だけどどっちでもいいですよ、と付け足した。よかった、とわたしは思う。あのくるみなら、うめぼしは選ばない。「明太子で」とわたしは受けとり、「遠慮してません？」という彼女の声に「辛いの好きだから」と、ゆるゆる首を振る。

「昔は明太子って、こんなになかった気がするんですけどね」

くるみは炭酸水を差し出しながら言った。「逆に、たらこをあんまり見かけない気がする」

「たらこね」わたしは頷く。「焼きたらこ、とか、よく買った」

グリーン車に入ってみたが、既に満席だった。まだ新幹線ホテルとして利用されることが決まったわけではないが、それを見越してのことなのだろう。ちょっとずるい感じがしたし、あとから来たおじさんがそれについて何人かと口論していたが、その間に車内アナウンスが入り、復旧の見込みがたたないため、本車両をホテルとして開放する旨が流れ、おじさんは怒りのやり場を失い、顔を真っ赤にしながら出ていった。

「たらこみたい」

ぼそっとくるみが言い、わたしと目が合うと、「おじさんの顔」と、にまっと笑ってみせた。もう、と肩を叩きたい衝動に駆られ、ぐっと我慢する。

＊

「うめぼしは死んじゃえ」と、くるみは常々言っていた。「昔の知恵だかなんだかしんないけど、あんなクソ酸っぱいもの食べさせられる理由がわからん」

「主義」のあるくるみの親は、「伝統的な」「日本人の体に合った」「自然派」の料理にひかれているようで、よくうめぼしが出るのだと言った。うめぼしは「自律神経を整え」「老廃物を中和し」「心身ともに成長を促す」という彼女の親の言説を披露した。「アミノ酸だかグルタミン酸だか知らないけど、ただの塩分のかたまりじゃん」と、食べ物のことになるとくるみは格別に語彙が豊かになった。

「自然食品」しか食べさせてもらえない、というので、わたしはときどき差し入れをした。彼女の要望通りのスナック菓子であることもあったが、おにぎりが多かった。それはくるみやわたしの好みではなく、わたしがご飯を炊くのを担当していたので、自分の裁量でいつも用意できる食料がそれしかなかったのだ。たらこが入ることは滅多になかったが、たまたま冷蔵庫にあったそれを焼いて入れた日、くるみは、初めて食べた、と、感激した様子だった。魚卵は発色剤など添加物が多く含まれているからと、食べたことがないのだという。

「世界は広いね」そう彼女は紙飛行機に書いた。横には地球の絵が描いてあり、ふたりの女の子が仲良く手を繋（つな）いでいる。どっちがわたし？　と訊ねると、モチ、美人な方、とくるみは笑った。

八月の頭には出発をしよう、と話していたのだが、「ちょっと体調が悪くなった」と、くるみが言ってから、しばらく塔の窓が開かない日が続いた。わたしは市営のプールにひとりで行き、あとはアパートのリビングでごろんと寝転がって過ごすか、ニュースでやっていた、「ゾンビ」を発症した人のまねをした。顔にモザイクのかかったその人は、病室の中をウロウロ歩き回っていた。時計回りに、うつむき加減で。延々と。そこそこ歩くのが速く、あまりゾンビっぽさはない。まねすると、いい運動になる。もっとも混乱していた時期から時間が経ち、社会は落ち着きを見せ始めていたが、その脅威については様々な意見があった。極端な人は、『ゾンビ』という名称を広めているのは製薬会社の陰謀だ」と言い募り、いろいろな大人たちがそれを「ファクトチェック」でもって反論していた。『ゾンビが危険説』否定派は、感染率がそこまで高くないことを言い募り、肯定派は、人口当たりの死亡率やその後遺症の恐ろしさを主張した。だから、子供だった時分、わたしはこの病気を怖がればいいのか平静を保ったほうがいいのかよくわからず、どっちつかずの気持ちで眺めていた。でも、興味深かったのは、くるみの言うように、この病気は本当に「ゾンビ」になるわけじゃないのに、「ゾンビ」のイメージが、みんな似たり寄ったりになっているということだった。否定派も肯定派も、おんなじようなイラストを使っているのはおもしろかった。

塔の窓が開いたのは八月もだいぶ過ぎたころで、久しぶりに見たくるみは少し痩せていた。

「もうバッチリ」

そう紙飛行機を投げたくるみの腕は細くて、思わずわたしは目をそらした。「バッチリ」の横の彼女の似顔絵も、弱々しく見えてしまう。

ちょっと体力戻したい、というくるみの言葉に、わたしたちは夏休みの宿題を先に片付けることにした。「モモは真面目そうなのにバカだよね」とくるみが言う通り、算数のドリルで悩むわたしに、さっさと終わらせたくるみがドリルを投げて寄越した。「早いね」とわたしが素直に褒めると、「答え写したからね」と、にいっとした顔を窓から覗かせた。

困ったのは自由研究で、いつもお菓子の箱を組み合わせて謎の動物を工作するだけのわたしに、「研究なんだから研究しよう」と、くるみは提案した。

「なにを?」

「そりゃゾンビに決まってんじゃん」

わたしはくるみの指示で、駅前のレンタルビデオ店に行った。「ゾンビについては、ゾンビ映画が一番だよ」という彼女の信念のためだ。どれを選んだらいいのかよくわからなかったが、ホラーコーナーにあった、ゾンビっぽいパッケージのビデオをたくさん借りた。店のお兄さんは、かご一杯にビデオを入れたわたしに感心したのか、ゆっくり準備をしながら、いろいろ話してくれた。

「ゾンビ映画を調べるならまずこれから見るといい」

お兄さんが勧めたのは、『ナイト・オブ・ザ・リビングデッド』だった。「すべてのパニック映画は、このロメロ映画のフットノートにすぎない」と、彼はもっともらしく解説した。「ゾンビものとしてだけじゃない。恐怖、混乱、克服、悲劇、そして文明批評。この映画には、僕らを飽きさせないあらゆる楽しみが詰まっている」

という言葉をそのまま伝えると、「受け売りだね」とくるみは面白くなさそうに鼻を鳴らした。もしかしたら、自分がそれを言いたかったからかもしれない。

同じビデオを二本ずつ借りていた。わたしはそのときだけは、自分のアパートに戻り、「せーの」と大声で揃えて、再生ボタンを一緒に押した。お互い部屋を暗くして、カーテンを開けて。テレビの光に照らされる、くるみの顔が見える。薄暗く小さい。でも、わたしには見える。くるみは表情が豊かだ。声は出さないが、怖い場面では目を大きく見開き、人やゾンビが死ぬところでは、眉間に皺が寄って心底嫌そうな顔をする。波打つように変わる表情をちらちら眺めていたものだから、「どこがおもしろかった?」という彼女の質問にうまく答えられず、「ほんとバカだね」と怒られてしまった。

*

普通車に戻り、わたしたちはおにぎりの夕食を食べた。久しぶりにしっかりとカロリーのあるもので、お腹が多少とも膨れると、少し眠くなってきた。

うとうとしていたが、周りが騒がしくなってきて目が覚めた。

「なに？」

隣の車両から、荷物を抱えて何人かの人が移動して来ていた。既に起きていたらしいくるみは、席から身を乗り出して、その人たちが来る方向を見つめている。

「病気の人がいるみたいです」

くるみはそう言い、通路を歩いていた人に「どうしたんですか」と声をかけた。嘔吐した人がいる、とその人は言った。「感染性の病気だと危ないから、車掌がこっちに移るよう言ったんだ」

しばらくして、「急病人が発生した」という車内アナウンスが入った。「救護のため一号車には立ち入らないよう」というお願いの放送も流れた。幸い、普通車両の人数はもともと多くなかったので、移動してきた人が座る座席はじゅうぶん空いていた。

「なんだか大変ですね」

と、くるみはぼやっとした感想を呟き、「目が冴えちゃった」と大きく伸びをした。わたしも今のやりとりで眠気がなくなってしまい、手持無沙汰に気の抜けた炭酸水を少しだけ口に含んだ。

「トランプでもしませんか？」

わたしの様子を見ながら、くるみが言った。先ほどの売店でいつの間に買ったのだろう、まだ封も切られていないトランプを見せた。いや、とわたしは言いかけ、でも、「いいですね」と頷いた。

「ババ抜きでも」

と、くるみはパッケージから出してカードを切り始めた。ババ抜き、とわたしは呟く。

「あ、他のがいいですか」とくるみが言うが、わたしは「いいえ」と返す。「ババ抜き好きだから」

小学生のときのくるみとも、ババ抜きをよくした。二人でやるババ抜きは必ず手札がそろうのであまりおもしろくないのだが、彼女はババをつかませるのが得意で、わたしはなかなか勝つことができなかった。「人を騙すときはね、まず目だよ、目を見るの」いつも勝てないわたしに、小学生のくるみはしたり顔でそう言った。

やりにくいから、と、くるみはわたしの側の席へと移動してきた。わたしが手元にリュックを抱える様子に、「重そうですね」と彼女は声をかけ、わたしはそれに曖昧な返事をする。テーブルを出して、そこにペアのカードを黙々と置いていった。

「トランプなんて、子供のとき以来」

くるみはカードをとりながらいう。ハートとダイヤの3を捨てる。わたしは彼女の五枚のカードの右から二つ目をとる。ババだ。くるみは目を細めて、「ふふん」と笑った。

「ババ抜きって、だいたい、端から二番目を選ぶ人が多いんですって」

「じゃあ、わたしもそこにしようかな」

そう言って、わたしはカードを入れ替える素振りを見せた。くるみはじいっとわたしの目を見た。あの日のくるみも、そうやってわたしの目を見ながら、「目って、めっちゃおしゃべりじゃん」と話を続けた。「モモがだいたいどこらへんにババをもってるかすぐわかるし、モモがあたしのカードのどこをとりそうかも、目を見れば、すぐにわかる」

「じゃあ、わたしが今なに考えてるかわかる？」

そう訊ねると、彼女はうーんと唸ったあと、「そんなの信じてないって目をしてる」と答えた。「当たり」とわたしは彼女の肩を叩く。あの日、子どものくるみの肩は思っているよりも細くて、ふわりとして、熱をもっていた。

「裏をかいて、ここでしょ」

そう言って、大人のくるみは右端から二番目のカードをひいた。ババだ。「ありゃー」と、彼女は顔をくしゃっとさせ、わたしの肩を叩くように、腕を上げ、でも、叩くふりで、その手は軽く風を起こした。ひやりとした空気が流れる。

＊

「もうつかれたー」

何日かかけて、借りてきたビデオを観終わると、くるみは言った。窓から顔を出し、アパートのベランダで風に当たっていたわたしに向かって。『バタリアン』『サンゲリア』など、有名どころを観続けたが、彼女は飽きてしまったらしく、途中からはテレビ画面よりも、わたしに向かって紙飛行機を投げることが増えた。

「そう?」

対照的に、わたしはゾンビ映画がけっこう気に入っていた。時代が下るにつれて、血しぶきや内臓が増えたり、軍隊や科学用語が増えて大げさになっていったりして、その大げさ加減がよかった。『ナイト・オブ・ザ・リビングデッド』は、古かったけど、あのレンタル屋のお兄さんがお勧めしただけあった。よたよたした歩行、火の怖がり方、人間を食べる、頭を撃ちぬかれると死ぬ。わたしたちが知っている「ゾンビ」は、なるほど、この映画にすべて詰まっていた。

「だいたいさ、ハッピーエンドがないじゃんよ」

わたしは休憩も兼ねて、くるみの塔の下に座った。日差しは強い。つばの広い帽子をわたしはかぶり、冷凍庫にあったアイスキャンディを舐めていた。ちょうだい、というくるみに向かって投げると、上手に彼女は右手でそれをキャッチした。「主人公が死ぬとか、助かったけどさらなる絶望が待ってるとか、そんな感じ。見飽きたよーそういうの」

「ていうか、それってこういう映画の方が元祖のような気がするけど」

「だったらさあ、あたしたちでつくっちゃおーよ」

あっという間に食べたアイスの棒を、くるみはわたしに投げつけた。冷たいものも熱いものも平気で食べてしまうくるみは、アイスを食べるのも早い。わたしはそれを拾い、くるみに向かって投げ返すが、塀を越えただけで届かない。ふほーとーきだー、とくるみは言い、「くるみの紙飛行機だってそうじゃん」と、わたしは言い返す。彼女の投げる紙飛行機は、ときどき風に乗って、はるか遠くに行ってしまうことがあった。

「あたしたちでつくんのよー」

「なにを?」

「ゾンビから生き残れる映画」

冗談かと思ったら、次の日、くるみは本当に脚本をひとつ書いてきた。

「ひとばんかかったー」

目の下にクマをつくり、投げて寄越した大学ノートは、びっしりと台詞で埋まっている。ト書きもあり、なかなか本格的だった。

「この、塔で暮らす美人のお嬢様って?」

「もち、あたし」

くるみは窓からブイサインをつくってみせる。ざっと読むと、その「塔で暮らす美人のお嬢様」が、謎の化学兵器でゾンビが溢れた町を脱出し、頭脳明晰な友人とともに、諸悪の根源の博士を倒すという内容だった。

「この、頭脳明晰な友人は？」

「モモに決まってんじゃん」

「すごい皮肉」

わたしはぎろりとくるみを睨む。このときはちょっと本気で怒ったのだが、くるみは真面目な顔をして、「モモはバカだけど、バカじゃないんだよ」と答えた。

「なにそれ」

「言葉通りだよ。あたしは信じてる」

なにそれ、ともう一度わたしは呟き、「おもしろいけど、この話、ちょっとご都合展開すぎない？」と、照れ隠しのように続けた。

「どこらへんが？」

「えーと」わたしはぱらぱらとノートをめくった。「ほら、最後の方で主人公がゾンビになるのに、ずっと一緒にいる頭脳明晰な友人はならないじゃん」

「そこはまあ、お話の流れ的に」

「それにさ、博士を倒したら、ゾンビがぜんぶ治るってのも、なんていうか」

くるみは窓から顔を引っ込めると、スーパーのチラシの紙飛行機を投げてきた。裏には、

「じゃあモモが書け！」とある。

「宿題ね」

窓枠に顎を載せて、くるみは言った。「出発までに書いてくること」

「宿題してたら宿題が増えた」

わたしが言うと、くるみは可笑しそうに、目じりを下げた。

＊

「次ですよ」

促されて、わたしは目の前のくるみを見た。彼女は真剣な顔をして、カードを組み替えている。大富豪。わたしは「8」を出す。と、くるみは「え」と声を上げた。

「階段しばりだからダメですよ」

「階段しばり？」

くるみによれば、「4」「5」などと数字が順番に続く「階段」の状態で出されると、次の番の人も「6」というように、続きの数字で出さなければいけない、というルールだった。

「聞いたことない」とわたしが言うと、「ローカルルールってやつなんですかね」と、首をひねった。

「もっぱら兄とやってたので、家庭内ルールかもしれません」

そうくるみは言い、わたしは「8」を引っ込め、カードを選ぶふりをしながら、「お兄さんって、ゲーム好きだった?」と訊ねた。

「ゲーム?」

「ファミコンとか」

「ファミコン、懐かしい」くるみは笑顔になり、「好きだったと思いますけど、あのころの男の子って、だいたいそうじゃありません?」

「まあ、そうか」

結局、「8」を出し、「階段しばりは次からでいい?」と、その場のカードを流した。いいですよ、とくるみは、わたしが次に出した「10」のカードを見ながら、自分の手札を見ている。

「佐鳥さんは」その馴染まないくるみの苗字をわたしは言った。「ファミコンとか、してました?」

「そんなには」

くるみは「2」を出した。場が流れる。「兄とか、友達と一緒のときはしてたかな、ぐらいで。苦手なんですよ、細かい操作」

ふうん、とわたしは関心のなさそうな声を出す。「わたしも、そんなには、しなかったかな」と、わたしはわたしの記憶と違うことを話す。

「でも、あのパンデミックのときだったから、ああいうゲームは流行りましたよね」

「そうだったかも」

感染拡大期には、家から出ることも制限される日が続いたので、家の中でどう過ごすかという様々な試みがなされた。ゲームのし過ぎ、というのは社会問題にもなったが、学習用のゲームを提供するなどという試みもあり、技術が進んだ感もあった。

「ゾンビが出てくるゲームを禁止しようとか、そういう話もありましたね」

「あったあった」

「ゾンビは殺しちゃだめだけど、人間はアリみたいな」

くっだらない、とくるみは呟き、「あら」と、口元に手を当てた。「すみません、息子にもときどき怒られるんです。口が汚いって」

左手の薬指に指輪をしていたからわかってたけど、わたしはそれには答えず、「4」を四枚出して革命をして、「3」で一気にあがった。

*

くっだらない、
けど、その日がちょうどいい、とくるみは言った。夏休みの最後の金曜日。その日が、くるみの親の帰りがいちばん遅い日で、気づかれにくいだろうという判断だった。

「あたしがいないことに気づいたときは、もう大阪だよ、たぶん」

くるみ曰く、親はその日「ゾンビ」についての抗議デモに参加する、ということだった。

「都内をプラカードもって行進するんだって、ゾンビの恰好して。くっだらない。娘がゾンビになりかけてるっていうのに」

駅の西口にお昼すぎに集合。あんまり大きいリュックで来ないこと、目立つから。「おまわりにホドウがいちばんサイアクパターン」と、くるみは、手錠のイラストをつけた紙飛行機を投げた。それから、大事なこと忘れてた、と、「ウノ→あたし　トランプ→モモ」という紙飛行機も投げた。

「そういえば映画の脚本はできた?」

あらかた確認を終えたところで、くるみが訊いた。わたしは「途中まで」と言い、原稿用紙の束を見せた。すごいじゃん、とくるみは言い、「取りに行くよ」と引っ込み、すぐにまた窓から顔を出し、「下まで来て」と付け加えた。

玄関に出てきたくるみは、細くなっていたが、足どりはしっかりしていたので、わたしはほっとした。原稿用紙を手渡ししようとすると首を振り、「郵便ポストに入れといて」と言った。「念のためね」

かたとんと、門扉にあるポストに紙を入れ、わたしは五歩ほど後ろに下がった。くるみは腰をかがめて中を覗く。長い髪がするすると、ワンピースの彼女の裸の肩をすべる。首の痣が見えそうで見えない。その場で何枚かめくり、「美人のお嬢様は残ってんのね」と、わたしに向かって笑ってみせた。逆光でよく見えないその顔に、わたしも笑い返す。

「おもしろいじゃーん」

塔に戻ってしばらくすると、くるみは中からそう叫んだ。「モモ、才能あるかもね」

「なんの才能？　ゾンビの？」

わたしが叫び返すと、くるみは顔を出した。「詐欺師だよ。みんなが楽しめるお話をつくってだます方」

「なにそれ」

「ほめてんだよ」

「そうは聞こえないけど」

「でもほんとに」くるみは続けた。「おもしろいよ。特に、『ゾンビにならない絶対条件』がいい」

ひとりでいよう／わたしたちはひとりでいよう

と、くるみが朗々と読み始めたので、「やめてよ」とわたしは顔を真っ赤にした。ストーリーは、くるみが書いたものを踏襲したが、細かい部分を大幅に書き直した。だいたい、映画の中でゾンビになってしまう人は、仲間の失敗か、仲間の裏切りか、仲間をかばうためか、そのパターンがほとんどだった。『ナイト・オブ・ザ・リビングデッド』だって、主人公のベンは、バーバラを初めから見捨てていれば助かった。つまり、ひとりでいさえすれば、ゾンビの物語に回収されることなく、生き残れる確率が上がるのだ。ゾンビ・パニックにさらされた場合は、最初から仲間を作らないこと（仲間ができてから抜けると致死率が跳ねあがる）、仲間に入らずひとりで生きていくこと、というエピソードを加えた。

「教育的にはアレだと思うけど、あたしはこの発想好きだよ」

くるみは窓から身を乗り出した。「ゾンビって、群れて仲間を作ってるイメージあるけど、結局どこまでいってもひとりじゃん？　仲間とか友達とか恋人とかいないだろうし、ゾンビ同士で交流とかはしなそうだし。だから強いんだよ。人間の方がよっぽど群れてるし、だから弱いんだ」

その言い方はくるみらしかった。わたしは三年生の、あの、マツモトキヨシの日を思い出した。がん、と机をくっつけられたときの震えを、しっかりと思い出せた。

「あたしはなるなら、本物のゾンビになりたいな」くるみは呟くように言った。蟬の声に混じって、小さいのによく聞こえた。「人間の社会に紛れて、ゾンビとして生きていく。誰もあたしをゾンビだとは気づかない。友達がいるふり、仲間がいるふり、仕事ができるふり、結婚ができるふり、だけど、あたしはゾンビなの。誰にも気づかれないまま、ゾンビとして生きる。死なないから、もう死んでるから、ずっと、そうやって、生きていく」

わたしは黙ったまま聞いた。わたしは？　と口をついて出そうになる言葉をどうにか飲みこんだ。その世界に、わたしは、いる？

＊

さすがに大人同士のトランプは長続きせず、何ゲームかしたあと、「楽しかったです」と、佐鳥くるみはカードをケースにしまった。小学生ではないわたしたちは、お酒でもあれば、きっとまだ会話を続けるきっかけはあったのだろうが、残念ながらわたしの目の前には炭酸水しかなく、彼女の目の前には甘ったるそうないちごオ・レが半分しかなかった。でも、彼女は、わたしの隣の席から動かない。その意味と距離を、わたしは測りかねている。

架線異常の確認が終わり、あと三十分ほどで出発ができそうだというアナウンスが流れた。時計を見た。深い夜だ。雨は強弱を繰り返しながら、いまだ降り続いている。

「やっと帰れますかね」

くるみは言った。「帰れるっていうか、スタートまで戻る、ですけど」

「ですね」

わたしはつまらない返答をし、つまらないなと思い、つまらない自分でいることを恥じた。昔からそうだった。どうして、あのくるみは、わたしなんかに興味をもったのだろうか。ただ家が近かったから、それだけだったのだろうか。彼女が生きているうちに、聞けばよかった。

「ホントはね、仕事じゃないんです」

ぼそりと、大人のくるみが呟いた言葉は、わたしの胃の中に響き、一瞬、自分のことを言われているのかと、困惑し、顔を上げ、彼女はまっすぐ、ぜんぜん違うところを、電光掲示板みたいなところを、見つめていた。

「あ、出張があるっていうのはホントなんですけど」彼女は、胸ポケットにしまっていた名札を指で弾いた。「でも別に、前乗りする必要なんてなかったし、なんなら、明日ゆっくり朝ご飯食べてから出たって間に合ったんです」

「どうして」と訊ねたわたしの言葉は、心底訊きたいというわけではなく、社交辞令的に、この場に相応(ふさわ)しいものだと、わたしが考えたから出たものだった。

「前からこの出張は決まってたし、夫にも子供にも伝えてて、でも、昨日の夜、改めてそれを告げたら、『あ、そうだったっけ』って。テレビの方見て、こっち見ないで、それだけ。それだけだったんですけど、なんか、やんなっちゃって」くるみは薄く笑った。「夜中に帰ってくることになるから、夕ご飯をあらかじめ段取り決めといて、次の日の朝ご飯だって用意しておいて、ゴミ捨ての袋まとめておいたり、洗濯とか、あんまし洗ったり干したりするのが面倒じゃないの着ておこうと決めといたり、そういうの、ぜんぶ自分でやっといたのが、バカバカしくなって、それで、今日会社行って、そのまま来ちゃったんです」

「そのまま？」

「そうです」

くるみは頷く。「夫にはＬＩＮＥで連絡して、仕事の都合でごめん、って書いたら、マジか、みたいな返事が来て、まあがんばれ、って続いて、それっきりで。ホントに、それだけなんですけど、だから、こうやって、大雨に巻き込まれて、新幹線止まって、挙句に東京まで逆戻りしてるのは、自分のせいなんじゃないかって、そんなこと考えてたんです」

わたしはそのとき、たぶん、彼女の言葉の、半分も聞いていなかったんだと思う。耳には入っていたけど、理解はできていたけど、胸には落ちなかった。それは身体の不適切な隙間を侵して、わたしに、つまらない、という感情を呼び起こさせた。つまらない。それは、彼女の言葉は、本当につまらない。そうじゃないでしょう、とわたしは叫びたくなった。そうじゃないでしょう、くるみは、そんなこと、そんな人生、送るはずがない。

「死んじゃえばいいのにね」

代わりに出てきた言葉は、「つまらない」の代わりにしては物騒な面構えをしていて、面喰らった大人のくるみは、どうやら言葉を失った様だった。でもすぐに、わたしの瞬きの間に相好を崩し、「いいね」と言った。「いいね、それ。みんな、死んじゃえばいいんだよね」

それからわたしは、死んでほしい人たちの顔を頭の中に思い浮かべ、くるみもたぶん、思い浮かべ、ふたりでしばらく黙って過ごした。

＊

結局、映画は完成しなかった。

出発の前日になっても、わたしは脚本を完成させることができなかった。

「まだ決まんなくて」

博士を倒して無事解決、は安直すぎて、わたしとしては受け入れられなかった。こうして考えてみると、多くのゾンビ映画製作者たちが、ハッピーエンドにしたがらない理由がわかる気がした。世の中はたいてい、ゲームみたいに、ラスボスに十字架をたたきこんで倒したって、解決しないことであふれているのだ。

「みんなゾンビになるのは？」

くるみは、そんな紙飛行機を投げた。まるい地球の絵のまわりに、仲良くゾンビらしい腐った人間たちが手を繋いでいる。

「それってハッピーエンド？」

わたしが紙にマジックでそう書くと、にこおっとした表情にくるみはなった。

「ハッピーエンドじゃん？」くるみは今度は声に出して言った。「少なくとも、誰もゾンビには困んなくなるし、ハッピーっちゃハッピーでしょ」

「まあ、ゾンビにとってみれば」

わたしは、『バタリアン』の最後の場面を想像した。雨が降りしきるなか、墓の中から現れる骸骨。映画はそこで終わるが、降り続く雨は、新たなゾンビの集団発生を予感させた。この雨が、日本にもやって来ることをわたしは想像した。もし、地球上の全人類がゾンビになるのだとしたら、どんなものだろうと、わたしは考える。ゆらゆらと徘徊し、言葉も交わさないそれは、案外牧歌的に思えた。

「ゾンビ菌みたいなのが撒かれる感じ？」

「絵的に美しくないよね」くるみはそんなことを言った。「それより、みんなで血を飲むのがよくない？」

「血？」

「ゾンビの血は青いんだよ。見せてあげようか？」

くるみは窓の外に腕を出した。「青い血をコップになみなみ注いで、みんなでそれを飲むんだよ。かんぱーいって」

「なんのために？」

「そりゃ、ゾンビになるためだよ」くるみは笑顔で、寂しそうに言った。「ゾンビになって、みんな忘れちゃうためだよ」

そんなことよりさ、とくるみは部屋の中に引っ込んだと思ったら、すぐに戻ってきた。手にはハンディカメラを持っている。「親のやつ、パクってきた」

「いいの?」

「いーの、いーの」くるみはハンディカメラを覗きこむ格好をした。「続きは新幹線で書いて、この旅で映画を完成させよう」

それから旅のいくつかの最終確認のために、何枚かの紙飛行機が飛び交い、画用紙帳は何枚も破られていった。新宿駅まで各駅停車で出て、そこから東京駅。十四時発の「ひかり」に乗って出発。お金は「お年玉をためた」のがあるし「モモのも出す!」とくるみは書いたが、わたしは悪いなと思って、母親の財布からちょっとお金を借りることに決めていた。「旅のしおり」と書かれた紙飛行機を、わたしは開いて丁寧に四角く折り畳み、自分のリュックの奥底に隠した。その上には、財布と、着替えと、本と、トランプに地図。それからゾンビの脚本。新幹線でなにをするか、どんなお菓子を食べるか、「あたしをキレイに撮ってよね」、大阪に着いたらなにをしたいか、「博士の代わりに倒すものを決めよう」、計画と夢は膨らみ、何枚も何枚も紙飛行機が舞った。

「あたしは美人でいるために、早く寝るよ」

日も暮れかけたころ、くるみは上げ下げ窓を閉め、手を振った。わたしも、ガラス越しの彼女に向かって、大きく手を挙げた。

でも、彼女とは、新幹線には乗らなかった。

＊

一号車から大きな音が聞こえたのは、新幹線がようやく発車してしばらくたったころだった。ゆっくりと進む車内には、ゆるんだ空気が流れていた。

わたしは目を閉じていたが、眠ってはいなかった。隣のくるみも、目をつぶっているが、眠っていなかったのではないだろうか。そこに、大きな音がした。なにかがぶつかったような。なんだろうとわたしが目を開け首を上に伸ばした途端、ダン、とまた音がした。それから短く、ダンダン。それが小刻みに繰り返された。後方の車両と繋がるドアからだった。目を凝らすと、細い窓から人の顔が覗いて消え、わたしは思わず短い悲鳴を上げた。くるみも同じように見て、表情を強張らせた。寝ていた乗客も異変を感じて目を覚まし、車内はにわかに騒がしくなった。

それから、音はやみ、人影は消えた。アナウンスのあった「急病人」だろうか。車内はまた深夜に相応しい静けさになったが、どこかさざ波のような穏やかではない空気が漂っているのを感じた。ニュースによれば、各地で大雨による避難指示が出ていて、救急車の要請はパンク状態らしく、このままこの「急病人」も東京まで向かうのだろう。

「扉を封鎖したほうがいいんじゃないか」

自動ドアは電源が切ってあるのか作動していなかったが、前の席の男性がそう言った。沈黙。お互いの様子をうかがい、誰も動こうとしない。車掌を呼ぶべきか、などという会話も聞こえたが、せっかく動き出した車両を止める気がおきないのは、みな同じようだった。

「ゾンビだったり、して」

また誰かが、軽口のように言った。ゾンビ。たぶん、その単語は誰もが想像していたし、口に出さないでいた。ネットを探せば、似たような行動をする「ゾンビ」患者の動画は今でもたくさん見つかる。公共の空間で突然隔離が始まり、大げさな防護服を着た救急隊員たちが野次馬を遠ざける動画も。ざわめきは大きくなった。

「やめましょうよ」

くるみがそう声を発したことに、しばらくわたしは気づけなかった。それぐらい彼女の声は澄んでいて、今までの彼女の声とは違う響きがあった。高く、懐かしく、青い空から降ってきたみたいな声だった。

「やめましょう、そういうこと言うの」

わたしはくるみを見た。彼女はしっかりと瞳を開いている。まっすぐ。それは、あの日、わたしが見られなかったものだ、と、わたしは、違うとわかっているのに、そう思った。

*

わたしの母親はいつも朝が早くて帰りも遅いから、翌日の出発の日もそうなのだろうと勝手に考えていた。だが、その日、珍しく彼女は家にいた。どうやら、今日の出勤は遅めのようだった。昨晩の帰りがいつもよりももっと遅かったからかもしれない。わたしはやきもきしながら、荷物を詰めたリュックを恨めしそうに眺めた。ピンクのそれは一年生のときから使っているもので、父親がくれた通天閣（つうてんかく）のキーホルダーが下がっている。揺れているはずのないそれを、わたしは揺れているように眺める。

買い物に行ってくる、と彼女がリビングで立ち上がったときは、お昼になろうとしていた。それでも、くるみとの待ち合わせにはギリギリ間に合う。わたしが胸をなでおろし、着ていく服を選んでいると、玄関を出たはずの母親が、リビングの入口に立っていた。なにかを問うより早く、彼女は勉強机の上に置かれたわたしのリュックを手にとり、チャックを開き、中をひっくり返した。財布、着替え、地図、本、トランプ、「旅のしおり」、そして、脚本。中身が床にばらまかれる。母親はそこから財布を手にすると、中からお札を何枚か取り出した。

「このお金、誰の？」

彼女は問うた。リュックを投げた。わたしはうつむき、身体が石のように強張っていくのを感じた。通天閣の銀のキーホルダーは外れ、テーブルの向こうのそのまた向こうへと消えていた。

「家出でもするつもり?」

重ねて彼女は訊いた。わたしが答えないでいると、母親は原稿用紙の束を拾った。ぱらぱらとめくり、時おり手を止め、そしてまたぱらぱらとめくった。

「『ひとりでいよう』」

静かに、わたしの母親は読み上げた。「『わたしたちはひとりでいよう』」

わたしの肩を指の腹でつかみ、彼女は「いいよ、別に」と言った。「わたしたちはひとりでいよう。お前は好きなところにお行き。帰って来なくていいよ。わたしの家より、もっといいところがあるんでしょう?」

母親は、自分の財布からお札を出すと、わたしに突き出した。わたしが腕を伸ばさないでいると、「あそ」と、床に落とした。ひらひらとそれは短い時間、わたしになにか語りかけるように宙に舞い、それから音もなく落ちた。わたしの肌着とトランプの上に。そして、それと同じように、静かに静かに母親は出て行った。彼女の身体は音という音をすべて吸いこんでしまうかのようだった。冷たい金属の音も、長い叫び声も。

わたしはひとりになった。でも、動けなかった。しばらく立ったまま、そこにい続け、太陽の影がゆっくりと変化する様子を眺めていた。影は伸びたり縮んだりと怠惰にじれったく動いた。本当に影が伸びたり縮んだりを繰り返しているのかよくわからなかったが、わたしにはそう見えた。それは生き物のようでもあった。身体をもたず、光を背に受けて、左へ左へと動く。汗で背中も股もびっしょりになった。力が抜け、床に座り込んでも母親は帰って来なかったし、わたしは動けなかった。動け、と、何度も言った。立ち上がれ、と何度も喉の奥から声を振り絞った。でもだめだった。わたしの幼くやわらかいふくらはぎは象の肌のようにぎっしりとした密度でわたしを封じ、この暑い部屋の中で、わたしの足先は夜の底のように凍えていた。

その日の晩遅くに、母親は普段通り帰ってきて、普段通り夕食をつくり、普段通りわたしは寝た。くるみがどれくらい待ったかはわからない。夏休みが明けても、塔の窓のカーテンは閉まったままだった。

*

「死んじゃえばいいんだよ、そんな母親」

と、くるみなら言ってくれただろうか。彼女とはそれきり会えなかったから、どんな答えをもっていたかはわからない。そして実際に母親は死んだ。でも、それは生きとし生けるものがいつか死ぬ、そういう類の話だった。母親が死んだのはついこの前だし、「やっと自分の時間がもてたのに」と葬儀に出た親戚はそんなことを言ったが、女手一つでわたしを育てたのだから、そのころの無理が祟ったのかもしれない。今ならそうやって思えるし、老後も見なくてよくなった、あっさりとしたお別れだったと、意地悪な言い方だってできる。でも、わたしはしない。母親は死んだのだから。それは、少し早かったが、くるみの言うような死ではなかった。喜ばしいことに。残念なことに。

母親が遺したものは大してなく、骨を自分の故郷に埋めて欲しいというのが、たったひとつの彼女の願いであり、そしていちばん面倒な約束だった。大阪というよりは和歌山に近い母親の家の墓まで行くのに、わたしは新幹線に乗ったのだ。

ずっと座席にある、大きな旅行用のリュックの中に、母親の骨壺が入っている。小柄な人だったためか、思ったよりも壺は軽かった。車内のほとんどの時間、わたしはその存在を忘れた。だけど、時折、視線を覚えた。トランプの手札を真剣に眺めているとき、ペットボトルの濡れた縁をつかむとき、くるみを見ながら、彼女の唇の動きを追いながら話しているとき。腐ってもいない、あたたかくもやわらかくもないそれは、リュックの中にいるだけなのに、いつもわたしを見つめていた。

「ゾンビなんて」

くるみは座席に深々と腰かけて、そう呟いた。わたしは、いつのまにか息を止めていた自分に気づく。「軽々しく言わないでください」

「ゾンビなんて」子供のころ、くるみもそう言った。「殺しちゃえばいいんだよ」

『魔界村』というファミコンのゲームがあって、今思えば、スーファミはおろか、プレステすら発売されていたような時代に、どうして二人でそのゲームをやっていたのかよくわからないが、その横スクロール型のアクションゲームにわたしたちははまっていた。マリオよりも難易度が高かった操作と、おどろおどろしい雰囲気はちょっとした中毒性があった。わたしは本当にこういったアクション操作が下手くそで、ステージ1に出てくるゾンビですらなかなか倒せずにいた。

「早く殺しちゃいなよ」もたもたするわたしに、くるみは横から口を出した。「武器投げてさ、どんどんどんどん」

今見ると、単純な動きでしかないのだけど、土の下からずぼっと現れて、それなりの速度で向かってくるゾンビに、わたしはいつも固まってしまうのだった。その点、くるみは手慣れたもので、さくさくとゾンビも魔物も倒していってしまった。彼女にはためらいがなかった。必要ならば武器をとり、嫌なことには嫌とはっきり言えた。

千羽鶴もそうだった。

わたしが子供のころは、夏休みにも登校日があり、そこで、くるみのために千羽鶴を折ろう、という話が上がった。あのくるみに、そんな声が上がるなんて、わたしには意外だった。五年生になっても、くるみはくるみだったし、友達といるより、ひとりでいる方が断然多かった。でも、その何人かの小さな声が、あっという間にクラス中に広がり、オレ得意だから多めに、とか、折り紙うちにたくさんあるから持ってくるよ、とか、トントン話が進んでいくのを見るのは、不思議でありつつも、わたしは胸が熱くなる思いがした。まだ七月だったので、各自にノルマが課せられ、次の登校日までに折ってくることが決まり、一番家が近いわたしが届ける係となった。休んだりとか、どうしても折ってこられない子がいたりとか、そもそも大した期間もなかったりとかで、千羽にはまるで届かなかったけど、それなりの数が集まり、紐でつなげられた。

「いらないよ」

わたしがそれを持っていったとき、くるみは言った。窓から見下ろし、投げ捨てるように。

「そんなもん、なんの役に立つの」

「気持ち、とか」

その日はお互い紙を使わずにしゃべっていた。わたしはおずおずと、上目遣いで答えた。

「気持ち！」

くるみは笑った。「気持ちで治るなら、そんなに簡単なことはないね。あのアメと一緒だよ。バカにするな」

バカにするな。くるみは繰り返し、窓から顔を引っ込め、その日は二度と顔を出さなかった。わたしは千羽鶴を掲げたまま、しばらく立ち尽くした。それは、こんなものをのこのこ持ってきたわたしへの怒りだったのだろう。わたしは、たぶん、それを投げ捨てて、あの塔の扉をこじ開けて、無理にでも登っていくべきだったんだと思う。今ならわかる。だけどそれはできなかった。わたしはくるみじゃないから。持って来たときと同じように手にぶら下げて帰り、それから家のゴミ袋に潰さないように入れて、ゴミの日に他のものに隠すように出した。でも、とわたしは思っていた。ゴミ袋に、色とりどりの千羽鶴を詰めながら。飴。覚えていてくれた。あの日のことを、「死んじゃえばいい」と、わたしにそう言葉をかけてくれた日のことを覚えていてくれたくるみが、うれしかった。

なんだ偉そうに、という声が、新幹線の座席の、どこからともなく上がった。佐鳥くるみは立ち上がり、その声のした方を睨みつけた。車内はしんとなる。

「モモ」

その短い言葉に、わたしはバネ仕掛けの人形みたいに立ち上がった。モモ。懐かしい響き。どうして彼女が、そんな響きをわたしの名前にこめられたのかまるでわからない。くるみは、くるみじゃないはずなのに。

そのくるみは歩き出し、わたしはその背中を見ていた。くるみは扉に手をかける。おい、という声を目でねじ伏せ、ぐいと開けた。デッキには、泣いている女性がいた。くるみは床にうずくまる彼女の肩に手を置き、それから抱きしめた。ぎゅうっと、長い時間。紙飛行機が飛んで、空を舞って、受け止められる、それだけの時間。

＊

ひとりでいよう／わたしたちはひとりでいよう

くるみとの大阪への旅の計画の中で、いちばん議論したのが、どうやって感染を防ぐか、だった。当時は未だ、確定的な感染経路がわかっていなかったが、マスクをするとか、距離をとるとか、そういった基本的なことは推奨されていた。

「わたしは気にしないよ」

何度もわたしはそう言ったが、最後までくるみは、わたしが一緒に来ることをためらっていたのを知っていた。知っていて、気づかないふりをした。感染経路がわかっていなかったとはいえ、当時の世間としては、その伝播を風邪やインフルエンザと同じようなもの、と捉えていた。けど、新しい病気のもつ不気味さや、得体の知れない感じは、いまだに人々を疑心暗鬼にさせていた。し、わたしがまだ不安に思っていることを、くるみは見抜いていたんだろう。本当に気にしていないなら、塔の下と上で会話をするなんてことは、続けないからだ。

「ひとりでいよう」

くるみは読み上げるように言った。ゾンビに勝つ絶対条件。「あたしたちは、二人で旅してるけど、見かけは一人。手も繋がないし、おしゃべりしないし、お互いずっと前を向きっぱなし。これなら、大丈夫」

そのとき、くるみは窓から身を乗り出して、もう一度、「大丈夫」と大きな声で言った。思ったよりもその声は響かなくて、でも、ゆうらゆらと空を回って、わたしの胸に垂直に降りてきた。大丈夫、そうだ、大丈夫だ、とわたしは思い、でも、その大丈夫はなんだか恥ずかしくって、「その絵面ヘン!」と、自分も下から叫び返した。「他人じゃん！　目的地がいっしょなだけの」

くるみは顔を引っこめた。しばらく出てこなかったが、画用紙ででも折ったのだろうか、いつもより大きい紙飛行機をひょいっと投げた。あっちこっちへとふらふら飛ぶそれを、わたしは両手をいっぱいに広げて抱きしめた。開く。ゾンビ。ゾンビの絵が、マジックで描かれている。顔がちょっと腐っていて、両手を前に出して、二人。手を繫がず、目を合わせず。黒丸ふたつのその目は、真面目な表情だ。わたしは顔を上げ、首をそらす。くるみは笑っている。

「あたしたちはゾンビになるんだよ」くるみは言った。「その日だけのゾンビ。ゾンビは仲間を作らない、友達を作らない、恋人を作らない。だからゾンビ同士なら安心。その日だけ、その日だけあたしたちはゾンビになろう」

そう言ったくるみは、いま、女性を抱きしめている。女性は堰（せき）を切ったように、しゃくりあげ泣いている。わたしはそれを見ている。くるみは平気だろうかという心配より先に、妬（ねた）ましい、という思いが腹の中に浮かんだ。くるみの背中はわたしの想像よりも大きく広く、あの子供の時代から、確実に、着実に成長し、大人になり、歳をとり、しっかりとその女性を包みこんでいた。彼女はくるみじゃない。あのくるみなんかじゃない。絶対、絶対に違う。それなのに、わたしはいつまでも、彼女の首元に、米印の痣を探した。

女性はくるみよりも若い。くるみは小さく声をかけ、彼女の頭を時おり撫でている。次第に女性は落ちつき、くるみは彼女を立ち上がらせ、一号車の最前列の三列席に寝かせた。毛布をかける。そして、わたしの目をちょっと見た。わたしは頷き、元いた車両に戻り彼女の荷物を持ち、隣の車両へと移動した。もちろん、母の骨壺のリュックも背負って。

「たぶん、この人、『ゾンビ』じゃないと思います」

くるみは荷物を受けとりながら言った。「初期症状の青い斑点が出てないので。それに、高熱の出る急性期はいちばん周りへの感染率が低いときですから」

こんな状況だったら、誰だって不安になるでしょ。熱にうかされて、車掌の説明も不十分だったから、とり残されて混乱してたみたいです。彼女は、女性の行動をそう説明した。そして、くるみは、一歩踏み出したわたしを手で制した。「でも、他の感染症の可能性はじゅうぶんにあるから、近づかない方がいいですよ。私は東京に戻るまではこの車両にいます」

わたしは立ったまま、くるみを見た。彼女は首を傾げ、わたしの目をつらまえ、「なんで？って顔してる」と微笑んだ。

「昔から、もし、ゾンビの人に会ったら、その人が悲しんでたり苦しんでたりしたら、絶対にその人の味方になろうって決めていたんです」くるみは言った。「その人がそのとき、いちばんしてほしいことをしようって。それって、普通に感染する可能性もあるし、ただの自己満足なのはわかった上で、絶対に、そうしよう、って決めていたんです。昔から、ずっと」

「昔？」

「そうです」くるみは座席に腰を降ろした。肘をつき、窓の外をちらりと見た。雨は弱くなってきている。もうすぐ日の出だ。「昔、私はゾンビだったんです。それで、一度死んだんです」

＊

わたしはくるみの葬儀には出なかった。出てしまえば、くるみが死んでしまったことがはっきりとしてしまうからだ。くるみが燃やされるところを目の当たりにすれば、自分があの日、くるみを待たせ、病状を悪化させ、殺してしまったことが、輪郭をもってしまうからだ。見えないものは、存在しない。それは死も同じだ。まるで、とわたしは考え、そこで思考を止めている。いつも。だからわたしは、ずっと、映画の続きを書いていた。いや、書き直していた。塔には女の子がいて、彼女はゾンビで、彼女を治すために、友達と二人で旅に出る計画を立てて、新幹線ではトランプをして、おにぎりを食べて。そういう映画だ。でも、最後が、最後がどうしても、決まらなかった。

ゴミをどうにかしろ、とわたしの家に大家さんがやって来たのは、葬儀があった次の日だった。

「困るんだよ、あんたたち」

大家さんは、いっぱいに膨らんだゴミ袋を下げてきた。「あそこでおしゃべりしてたのは目をつぶってたけどさ、散らかしてはいかないでおくれよ」

ゴミ袋の中には、紙が詰まっていた。正しく言えば、紙飛行機。それが、わたしのアパートとくるみの家の間の、離婚してとり壊されたシミズさんちの空き地にばらまかれていたそうだ。いつからかはわからない。誰がやったかもわからない。わたしは約束を破ってからずっと、空き地も、あの塔も、見ていなかった。

「死にたくない」

紙飛行機を広げると、そう書いてあった。いつものくるみの丸い字で。マジックで。「みんな死ね」次の紙にはそう書いてあった。その次の紙には「死ね」と一言。次は、「死にたい」。紙だったから、きっと多くは風に乗って飛んでいってしまったのだろう。「死」がいくつも書かれた紙がどこか町の遠くへと飛んでいき、それが誰かに拾われ、その人がその文字を読み、その人なりの「死」を想像するのだと想像すると、愉快だった。愉快で、わたしは泣きたくてたまらなくなった。

「私は、ゾンビでした」

くるみがそう言ったとき、わたしはそのときの感情が腹の中に湧いてくるのを感じた。なまぬるい温度で、ぐるぐるとわたしの中を這いずり回っている。

「ほら、あのころ、親の方針かなんかで、治療とか受けさせてもらえない家があったじゃないですか。うちもそうで。まだ子供で。ひとりぼっちで、どうしたらいいかわかんなくって」

わたしは黙っていた。さわさわとした風がどこからか流れてきて、わたしの足首をさわさわと撫でた。

「でも、そんなとき、紙飛行機が来たんです。うちの庭に」

蟬の声がした気がしたけれど、そんなはずはなかった。まだ夜明け前で、そして外は、雨なのだ。でも。「ずいぶんボロボロだったんですけど、中に、計画が書いてあって。ゾンビを治す計画。親戚を頼って、新幹線に乗って、会いに行って、病院に行かせてもらうっていう。これだ、と私は思ったんです。私が助かる道は、これしかないって」

それで、おこづかいを使って、新幹線に乗って。

「だけど、途中で具合が悪くなっちゃって。結局それで病院に行って、保護してもらって、薬ももらうことができたから、結果的には治りました。死んだっていうのは大げさですけど、でも、あの紙飛行機がなかったら、私は死んでたんです、ゾンビで」

列車がゆるやかに止まった。間隔調整のため、というアナウンスが流れる。くるみ、とわたしはいつの間にか呟いていた。はい？　と、目の前のくるみは、返事をする。わたしは黙る。

彼女は微笑む。

「あなたを見たとき、その紙飛行機に描かれていた女の子を思い出しました。あなたに名前を呼ばれたとき、会ったこともないその子に呼ばれた気がしました」

くるみはわたしの目を見ないで言った。「すみません、勝手に。でも、新幹線に乗って、トランプをして、おにぎりも食べて、今日は楽しかったんです。旅の続きをしたみたいで」

ひとりでいよう／わたしたちはひとりでいよう
わたしは、わたしの後ろに、子供が座っているのを感じた。二人。女の子。「旅のしおり」という紙を広げて、二人とも、前を向いたまま、黙って座っている。席をひとつぶん空けて、まるで他人のように。ひとりがおにぎりをとりだす。キオスクで買った、うめぼしのおにぎり。もうひとりも自然におにぎりをとりだす。たらこ。二人は同時におにぎりを口にする。そして、独り言のように、「おいしい」と口にする。新幹線は走っている。西へ西へ。

「わたしは」

わたしも、彼女の目を見た。まっすぐ。逸らさないで。「わたしは、その女の子じゃありません。きっと」

「そうですよね」彼女は微笑んだ。「それは、知ってました」それから、彼女は、ごめんなさい、と小さく口にした。それはわたしに向けてだったのか、わたしの後ろ側にいる誰かにだったのか、よくわからなかった。

*

東京駅に着いたときには、もう日はだいぶ高くなっていた。

わたしはそのまま、くるみと同じ車両に居続けた。医療関係者と思しき人たちが一号車に乗り込み、女性を担架で運んでいった。くるみも彼らに促され、歩き出す。彼女は振り向く。

あの日、ゴミ袋に大量に詰められた紙飛行機を、一枚一枚、開き、丸め、捨てるという作業を繰り返し、その言葉のひとつひとつを、ずっと刻んでいった。どこに？　頭というより胸に、胸というよりもう少し下側に。わたしには触れられない、その場所に。熱をもつ、ふやけたそこに。それは、くるみを、彼女という存在を、細かく細かく砕いていく作業だった。紙は、半分にしても、その半分にしても、いくら半分にしても、なくならなかった。

くるみが死んでしばらく経ってから、わたしは瓶をひとつ用意した。指の腹を包丁で切り、そこに自分の血を入れた。数滴。それは真っ赤で真っ赤で、濃く汚れていた。水を注ぎ、絵具の「青」のチューブから中身を絞りだすと、箸で混ぜた。赤はすぐに消え、その水は真っ青になる。蓋を閉め、わたしはそれをランドセルに入れて、学校へ行った。その日の給食のメニューは覚えていないが、大きい食缶の汁物の中に、みんなに気づかれないようにそれを入れた。お玉でぐるぐるとかき回す。色が変わるか心配したけれど、少量だったからか、ほとんどなんの変化もなかった。わたしは当番で、その汁物を、みんなに順番によそっていった。平等に、同じ量になるように。いただきますと日直が言って、みんなはご飯を食べ、おかずを食べ、牛乳を飲み、その汁を飲んだ。わたしは彼らが飲み干す様子をじいっと眺めていて、みんなの器が空っぽになったのを見届けて、かんぱーい、と囁いて、ぐいっと、一息で飲み切った。みんな死んじゃえばいい。そのみんなの中には、わたしも入っている。五時間目を受け、六時間目をやり過ごし、帰りの会になっても、放課後になっても、誰も、なにも、変わらなかった。次の日も、その次の日も、学年が変わっても、卒業しても、大人になっても、みんな、そのままだった。ゾンビにかかった人の血が青いなんて話は都市伝説であることを、わたしはとっくに知っていた。それでも、期待していた。あのくるみが残した言葉なんだから。わたしに、渡したものなんだから。だけど、みんなは、そのままだった。それとも、みんな、気がつかないうちに、ゾンビになっていたんだろうか。ゾンビはゾンビであることを認識できない。ゾンビには意思がないから。ゾンビには、それまでの記憶しかないから。

「それじゃあ」

くるみは手を上げた。わたしは上げなかった。くるみ。でも、わたしは呼びかけた。くるみ。あなたはくるみじゃないけど、だけど、それでよかった。それがよかったんだ。

彼女は背を向けたまま歩き始め、つと、振り返り、それから、胸元でなにかを折り畳む仕草をすると、その透明ななにかをつまみ、そっと、わたしに向かって投げた。わたしにはなにも見えない。見えないそれは、きっと、風をはらみ、ゆうらゆうらと旋回し、そして、わたしの胸まで届いたのだろう。その中身になにが書いてあるかまで、わたしは想像できる。だから、わたしは想像しないようにした。

ダイヤは大幅に乱れていたが、次の新大阪行きの新幹線がやって来ると、アナウンスは告げていた。やっとだ、とわたしは思い、背中のリュックの重さを感じた。どれぐらい待っただろう。一時間か、もしかすると、何十年か。わたしはリュックを背負い直し、それを、待った。

渦とコリオリ

水流は左に渦を巻いている。

市民ホールのお手洗いは時間にとり残されているようで、いまだに和式の個室が併設されたつくりだ。鏡の右下には小さく「お弁当のご用命は」という広告が入っており、市外局番から電話番号が示されていて、私は何となくそれを懐かしく見た。鏡の中にはばっちりと化粧をした自分が容赦なくうつっている。にっと笑顔をつくってみせると、目じりのあたりが皹われる。隣のシンクの蛇口も捻り、水を流す。左の渦。姉が死んでから、流れ出る水という水の渦という渦は、すべて左回りになった。トイレも、お風呂も、台所も。

控室に戻ると、坂東さんが、忙しなく片づけをしていた。ホールの控室はだだっぴろい和室で、散らばった座布団を並べたり、転がったペットボトルを直したり。姉と同級生だったという彼女は、「マグロと同じで、動いていないと死んじゃうの」とよく言っていた。

「あらここちょっと」

坂東さんは私に気がつくと、腰につけたポシェットからブラシをとりだし、手早く頬にあてた。「うん、よれがなおった」満足そうに言い、「どう?」と肩を叩いた。まあこの歳になると、と私は言い、そうよね、と坂東さんも頷く。自然、二人は壁掛けのテレビに視線を移す。

『くるみ割り人形』は、第一幕の第六曲あたりで、クララがねずみの王様に遭遇する場面だ。クララ役の女の子は、かなり演技が大げさだが、さすがに上手い。タンデュやジュテといった基礎の動きも無駄がなく、相当に今まで練習してきたのだろうことがわかる。

坂東さんに今回の公演に誘われたのは半年ほど前で、姉の葬式からも半年ほど経っていたわけだから、都合、一年ぐらいが経過していた。「素人の手作りバレエ団」だから、という坂東さんの言葉は半分は本当で、近所のバレエ教室に通う八歳の子から、昔嗜んでいたことがあるという七十六歳のおばあちゃんまで、雑多なメンバーが揃っていた。とはいっても坂東さんの指導は手抜きがなく、アマチュア楽団ながら生演奏つきの舞台で踊れる環境はそうそう実現できるものではない。ストレッチからやり直した稽古は私にとってなかなか大変なものがあった。その間に、水の渦は左を巻き続け、私は姉の住んでいたアパートの小さな部屋を整理した。驚くほど物のない部屋で、だからこそ、子供時代のバレエグッズがまとめて置いてあるのが目立った。私はそれを処分できずにまだもっている。

控室には今は子供が多い。第二幕のお菓子の国まではまだ時間があり、どことなく空気は緩んでいる。衣装に着替えた子はさすがに緊張した顔をしていたが、他の子は稽古着のままストレッチをしたり、台本をさらったり、スマホを眺めたりしている。壁際には申し訳程度の鏡が二個ほど置いてあり、誰かのメイク道具がそのままになっていて、死んだ姉がその前に座っている。正座で、背すじから音が聞こえそうなほど、ぴん、と伸びている。

「違う」

鏡に映る私に向かって、姉は言う。「立ち方からしてなってない。左と右のバランスが崩れている。腹に力が入ってない」

私はぐっとお腹に力をこめる。息が止まる。テレビの中では、くるみ割り人形がねずみの王様と戦う。演者が入り乱れる。下手くそだね、と姉は言う。なってない。なってないよ。

「あたしは上手だと思うけどね」

坂東さんが隣で言う。姉は鏡越しにじとりと彼女を見つめる。「凪なら『なってない』ってたぶん言うだろうと思ってさ。でも、それは、見かけの話じゃないか」

見かけ？　と私が訊ねる前に、泣き声がした。それほど大きくはない。しくしくと、締まりきってない蛇口からぽたぽたと水が垂れるような、そんな音だ。姉はあからさまに舌打ちをする。結婚もしなかった彼女は、子供を毛嫌いしていた。

あらあらひーちゃん、と坂東さんが寄る。「中国の踊り」の赤と黒のチュチュを着て、お団子頭の女の子。十二、三といったところだろうか。多くの演者がいるので、私もいちいちは把握していなかったが、坂東さんはすべて記憶していた。「あらあらあらあ」と今度は少し声を低くして坂東さんが彼女のタイツに触る。茶色いシミがついている。「衣装に替えてから食べるなんて」と姉が毒づく。チョコレートかな、と坂東さんは言い、濡らしたタオルをあててみるが、うっすらと痕は残る。「替えはもってる？」と訊くと、首を振る。その横で、なってないねと姉が繰り返す。「お母さんは？」と坂東さんが重ねて訊ねても頭を振り、「連絡しようか？」と言うと、その振り方が激しくなった。

「ひとり減ったって変わりゃしないよ」姉は落ちていた座布団を蹴飛ばした。「下手くそがいなくなるならなおさら
「私もってますよ」

私は困り顔の坂東さんに声をかけた。「いや、自分のじゃなくて、子供の頃の」

姉の、とは言わなかった。助かるわあ、と坂東さんは大げさに喜んでみせ、ね、とひーちゃんの方を向く。その少女はそれでも泣き顔のままうつむいている。いこっか、と私が手をつかむと、いや、と振り払われた。ああいやよねごめんねオバサン気づかなかった、と私は言い、オバサン、と誰かに向けて自分を称したのは初めてだと思った。

控室を出て、駐車場に向かう間、ひーちゃんの、いや、という言葉が渦を巻いていた。いやいやいやいやいや。それは左か右かわからない方向に回転し続けている。彼女のお団子頭を思い出す。つむじは見えなかった。でも、つむじの向きは右がいいな、と思う。

「あんたは左巻きだからね」姉は鼻で笑う。彼女はコンクリの床に寝そべっている。「だからなんにもうまくいかないのさ」

トランクにはＩＫＥＡの青い袋が入れてあって、その中に、姉の部屋から持ってきた道具が一式入っている。化粧道具、バレエシューズ、ボトムスにブーティにパーカー。姉は極度の冷

え性で、控室には前日から電気ストーブを持ちこむほどだった。タイツは新品のままそこにある。彼女がバレエをやめたときから、ずっとそのままだ。氷のようなにおいがして、「あたしの勝手に触んじゃないよ」という姉の声が後ろから響き、私はばたんと、わざとらしく大きな音を立ててトランクを閉めた。

ひーちゃんは泣き止んでいたが、メイクが崩れていたため、宥めながら坂東さんがチークを塗り直していた。どうかしら、と私が脚にあてがうと、うんぴったりね、と坂東さんが言った。色も一緒で、あなたラッキーよ。ひーちゃんはぜんぜん幸運そうじゃない瞳で、その古めかしい新品のタイツの袋を見つめた。

着替え終わるころ、姉はあくびをしながら、「つまんないアダージョ」と呟いている。ひーちゃんはタイツの穿き心地が気になるのか、膝を伸ばしたり曲げたりしている。

「少しやってみれば」坂東さんが声をかける。「那美さん、バレエの学校の先生なのよ」

昔の話です、と私は言うが、教えるのは私よりも全然上手、と坂東さんはなおも言う。「オバサンも踊るの?」とひーちゃんは訊ね、那美さん、と坂東さんにたしなめられる。

「最後の方に、ちょっとだけ。ほら、お菓子の国でみんなが集合するところ」

練習にも数回だけ参加したのだが、ひーちゃんは気づかなかったようだった。

「ピルエットが苦手」

ひーちゃんは立ち上がり、パッセをする。畳の上はやりにくいのか、少しよろける。坂東さんが、廊下がいいわよ、手すりもあるし、と教えるので、そちらに行く。「プレパレーション」姉が言う。ひーちゃんは四番プリエからパッセをつくり「軸がぶれてるよ」ピルエットを試みるがよろける。

「無駄だよ、けっきょく体幹なん「プリエをもう少しがんばろう」だから」「しっかり深く、膝を使って曲げないと。重心がずれてるんだよ」

私はプリエするひーちゃんの脚をとり、微調整する。「無駄だよ」姉がまた口を挟む。「お前はなにをやってもうまくいかないさ」

「大丈夫」

私はひーちゃんに声をかける。「いつもはできているんでしょ。体がかたくなってるだけ。楽しいことを思い出そう、落ち着く風景を思い浮かべよう」

「海」

間髪を入れずにひーちゃんは答える。「渦潮。橋から見たやつ」

へえ、と坂東さんの方が声を上げる。四国にすら足を踏み入れたことのない私にはうまく想像できないが、「旅行で行ったの？」と会話をつなぐ。

「うん、パパと」

「二人で？」

「そう」

「仲良しだね」

うん、昔は。とひーちゃんは小さく答える。「今はもういないから」

「もういないよ」姉はひーちゃんの横に立っている。クロワゼ・ドゥヴァン。「私たちはなにもかもなくしちまったんだ」

そう、と短く私は言った。「私も行ったことある」と、坂東さんが口を挟んだ。「船に乗って見たんだけど、すごかったね。こう、なんていうの、潮の流れであ あいうのができるんだってね」

「じゃあ、その渦みたいに」笑顔で言うと、少しひーちゃんも顔をほころばせた。「でも、勢いをつけすぎないでね」

ひーちゃんは頷く。四番ポジション、クロワゼ、腕はアラスゴンド。ルティレ。さっきよりホールドができている。回転。左が軸足になっているので、右に回る。ぐるり。シングル。腕が元に戻る。「いいじゃない」と坂東さんが言う。「落ち着いてる」と私は言う。「下手くそ」と姉が言う。ひーちゃんはほうっと息を吐く。

「教え方が上手」

ひーちゃんは腕をアンバーにして、ポジションを確かめる。「なんでバレエ始めたの?」

「姉がね」私は言った。「とてもすてきだったたから」

それは嘘だった。彼女のアラベスクを初めて見たときのことを、まだ私は覚えている。歳が離れていたとはいえ、その完成された身体（からだ）の動きはあまりにも遠すぎた。掌（てのひら）から、つま先まで、あらゆる筋肉がたおやかに動き、汗の一つ一つまでもが彼女の踊りの一部のようだった。

「バレエはやめちゃったの？」ひーちゃんが訊く。

「仕方ないさ」「仕方ないよ」

私の声は姉と重なる。「ケガをしちゃったんだ」「子供のころに」「大きくなってから」

「やめるのって辛（つら）い？」ひーちゃんが訊ねる。

「辛いよ」姉は答える。

「辛くないよ」私も答える。

私は姉の顔を見る。その顔はいつまでも若く幼い。私は留学し、短期間でもバレエ団に所属し、帰国後はバレエの専門学校の講師として招かれ、多くの生徒を輩出しても、姉は「下手くそ」と言い続けた。パッセを、プリエを、ピルエットを、姉は私を認めなかった。「そんなターンはない」と姉は言った。「右回りだろうが左回りだろうが、お前の動きはつくりものだ」。そして、自分だったら、と続けた。それを私は真実だと思った。確かにそれは実現されなかった未来ではあるが、しかし姉のケガがなければ、必ず現実となって存在する現象のはずだった。姉の雑言（ぞうごん）は年を追うごとに激しくなり、私がケガをしてバレエから一切手を引いても、変わらなかった。

「それって嘘じゃない？」ひーちゃんが言った。合わせるように、姉の声も響いた。「それって嘘でしょう?」ひーちゃんは続ける。「那美さん、バレエしたくてここに来たんでしょ?」声が重なる。時間の流れが淀む。自分がどこにいるかわからなくなる。小さな公民館の木製のステージに、私たちはいる。私はピルエットをしている。「下手くそ」姉が言う。クリスマスの発表会。本番前にそう言われた私は「もうやめる」と舞台にあがらなかった。泣きべそをかきながら、観客席に座って見た。姉のターンは完璧だった。いや、少しだけ、ほんの少しだけ違った。姉は軸足を変え、左回りに回っていた。くるんくるんくるん。「あんたのために回ったのよ」姉は帰りに言った。寒い日だった。「左巻きの出来損ないなんだから」やめるなんて、嘘でしょ。姉はそう言ったし、それは、その通りになった。

時間になり、私たちは子供と一緒に舞台袖近くまで移動した。ひーちゃんは「ありがとうございます」と丁寧に頭を下げて、他の子供たちと一緒に舞台に上がる。タンデュ、ジュテ、そしてピルエット。小さな子供たちは波のようにそろって踊っている。

「凪とふたりで旅行に行ったことがあるのよ」

ぽつりと、坂東さんが言った。「さっき、渦潮を見たって言ったの、凪に誘われて行ったときの話」

姉が旅行に行くのも珍しかったし、他人と行くなんてなおさらだった。

「凪が渦潮見ながらね、ずっとコリオリの話をしてたの。ほら、地球が自転してるってやつ。台風も洗面台も、渦はその力が働いてるからだって」

へえ、と私が頷くと、でもそれって嘘なのよね、と坂東さんは笑った。本当は地形とか潮流とかのせいで、全然関係ない、でもあの人頑固だったから……「だけど」姉が言う。「見かけの力は大切なのよ。渦に見えているそれも、そう見えているだけなんだから」坂東さんの声が重なる。

「おかしな人だった」

ため息のように坂東さんは言った。彼女は顔をそむけた。私は、姉のつむじを見たことがありますか、と訊きたくなって、だけど、やめた。たぶん、見たことがあるからだ。

演目は終盤になった。私は前を見て、そして一歩を踏み出す。大勢の中に紛れて、私は回る。くるくると、くるんくるんくるん、と。音楽は高鳴る。私は今ここにいて、ここにいないことを感じる。渦はいくつもできている。私の内側にも、外側にも。それは上から見れば左で、下から覗(のぞ)けば右に見えた。

なってない。客席の一番前に座る姉が言う。相変わらず背すじは伸びている。そうよ、と私は呟く。でもそれでいい。それは、そう見えているだけのことだから。

参考文献

『チャイニーズ・タイプライター　漢字と技術の近代史』トーマス・S・マラニー著、比護遥訳（中央公論新社）

『世界童話大系　第二十三巻　獨逸篇（2）』（世界童話大系刊行会）

引用文献

『ライ麦畑でつかまえて（新装版）』J・D・サリンジャー著、野崎孝訳（白水社）

初　出

ベルを鳴らして　「小説現代」2023年7月号
イン・ザ・ヘブン　「小説現代」2023年10月号
名前をつけてやる　書き下ろし
あしながおばさん　書き下ろし
あたたかくもやわらかくもないそれ　「小説現代」2024年4月号
渦とコリオリ　「徳島新聞」2023年8月26日

坂崎かおる（さかさき・かおる）

1984年東京都生まれ。2020年「リモート」でかぐやSFコンテスト審査員特別賞、

'21年「電信柱より」で百合文芸小説コンテストSFマガジン賞を受賞。

'24年「ベルを鳴らして」で日本推理作家協会賞短編部門を受賞、

『海岸通り』で芥川賞候補となる。'25年、本書で吉川英治文学新人賞を受賞。

ほかの著書に『嘘つき姫』。

箱庭クロニクル

2024年11月18日　第一刷発行
2025年 4 月10日　第二刷発行

著　者　坂崎かおる
発行者　篠木和久

発行所　株式会社講談社　KODANSHA
〒112-8001
東京都文京区音羽2-12-21
電話　出版　03-5395-3505
　　　販売　03-5395-5817
　　　業務　03-5395-3615

本文データ制作　講談社デジタル製作
印刷所　株式会社KPSプロダクツ
製本所　株式会社国宝社

定価はカバーに表示してあります。

Printed in Japan　ISBN 978-4-06-536944-9
N.D.C. 913　254p　20cm